세상
낚시

얼뜨기 좌파의

세상
낚시

김 동 욱 에 세 이

도서출판 묘

책 머리에

햇수로 20년. '낚시'를 잘 모르던, 아니 별 관심도 없던 제가 낚시기자로 밥벌이를 해오고 있는 세월이 올해로 20년입니다.

'전국 곳곳을 다닐 수 있다. 북쪽으로는 민통선 안, 남쪽으로는 사람이 없는 작은 무인도까지. 그것도 월급에 출장비까지 받아가며….'

입사면접 때 이 말에 혹해서 시작한 낚시잡지 기자생활은 나름 만족스러웠습니다. 실제로 그동안 산간오지와 벽지의 섬 등, 물이 있고 물고기가 있는 곳이라면 어디든 갔습니다. 낚시꾼들과 함께.

많은 곳에서 많은 사람들을 만났습니다. 낚시꾼들의 직업은 무척 다양합니다. 자수성가한 대기업 회장도 있고, 대학교수도 있습니다. 의사도 있고, 변호사도 있습니다. 탤런트, 영화배우, 가수 낚시꾼도 있습니다. 그리고 뒷골목 '형님'들 중에서도 낚시를 좋아하는 사람이 많습니다. 저는 이들, 낚시꾼들과 함께 다니며 그들의 이야기를 듣습니다.

낚시판에서 제법 경력을 쌓고 편집장이 된 후 저는 매월 만드는 책에 1쪽, 많으면 2쪽짜리 칼럼을 썼습니다. 처음에는 낚시 이야기를 썼습니다. 그러다가 낚시잡지에 꼭 낚시 이야기만 써야해? 라는 생각을 했지요. 그때부터 편집장 칼럼의 소재는 다양해졌습니다. 매달 원고마감 할 때, 그 당시 사회적 이슈에 대한 저의 생각을 썼습니다. 때로는 좀 더 많은 사람들이 관심을 가져줬으면, 하는 일도 여기에 썼습니다. 낚시잡지에, 낚시 이야기가 아니라, 뜬 금 없이 정치 이야기를 하고 노동 사회 문제를 끄집어내기 시작한 겁니다.

이런 제 글에 대한 독자들의 반응은 낚시꾼들의 직업 수만큼이나 다양했습니다. 재미있어하고, 공감하는 분들이 많았습니다. '이거 무슨 빨갱이 소리야' 같은 반응도 물론 있었습니다. 저를 잘 아는 분들 중에는 걱정하는 분도 계셨습니다. '너 그러다가 큰 일 난다'는 거지요. 편집장 칼럼에 쓴 저의 정치 사회 노동 이야기는 이명박 박근혜 정부 때 일이거든요.

그러나 다행스럽게도(?) 문화계 블랙리스트에 낚시잡지는 없었습니다. ^^

월간낚시21 편집장 칼럼 〈물가에서〉는 2006년 10월호부터 2015년 10월호까지 10년 간 109꼭지가 실렸습니다. 그 중 57꼭지를 추렸고, 그걸 한 권으로 묶어 낸 게 이 책 〈얼뜨기 좌파의 세상낚시〉입니다. 2016년 겨울, 파주 출판도시 한 건물의 작은 사무실을 세 얻어 찍어 내는 도서출판 모노의 첫 단행본입니다.

1인 출판사가 살아남는 건 쉽지 않습니다. '나무 한 그루를 베어 낼 값어치가 있는 책'을 만들어야 한다는 윤구병 보리출판사 대표님의 말씀이 가슴을 콕 찌릅니다.

다음번에는 그런 책을 만들겠습니다.

2018년 봄에 부끄럽게 쓴 김동욱

정치

사회

노동

서평, 영화평

자연

정치

반공유령

표현은 의식을 지배합니다. 특히 단어의 경우 그 특징이 뚜렷합니다. '쿠데타'와 '혁명'이 그러합니다. 한 때 우리는 쿠데타를 혁명인 줄 알았던 적이 있습니다. 고백 하나 할 게요.

1990년인가 91년인가 그 즈음이었습니다. 대학교 1, 혹은 2학년 때였는데요. 어느 볕 좋은 봄날, 아마 이 맘 때였을 겁니다. 막 알기 시작한 여자 친구와 새순이 파릇파릇 돋아나는 노천강당 잔디계단에 앉아 이런저런 이야기를 하다가 무심결에 제 입에서 '5.16 혁명'이라는 말이 나왔습니다.

"5.16이 혁명인가요?"

저를 쳐다보며 되묻던 그 친구의 눈빛이 지금도 생생합

니다. '떵.' 망치로 머리를 한 대 얻어맞은 듯 했습니다. 저는 그때 이념적 충격을 받았습니다. 5.16을 혁명이라고 생각해 본 적이 단 한 번도 없었지만 제 입에서 튀어나온 말로 인해 5.16이 혁명이 돼 버렸던 거지요. 아버지 세대들에게 무한 반복 리필 된 '5.16혁명'이라는 말이 갓 스무 살 청년의 의식을 지배하고 있었던 겁니다.

'사태'라는 단어도 한동안 우리의 의식을 지배했던 적이 있었습니다. 지금은 민주화운동으로 바로 잡힌 이 말은 5~6공 시절 '광주'와 '5.18' 뒤에 붙어 10년이 넘도록 인민들의 의식을 지배했지요. 민주화 운동이 사태로, 민중항쟁이 폭거로 변질됐던 시간이 결코 짧지 않았던 겁니다.

사태를 민주화운동으로 폭거를 민중항쟁으로 바로잡기 위해 그 시절 수많은 학생들과 시민들이 피를 흘렸고, 다행히 역사는 전진했지요. 전두환 씨가 사형, 노태우 씨가 12년 형을 선고받은 게 불과 15년 전입니다. 그리고 이제 5.18광주민주화운동 기념식이 매년 정부의 공식행사로 열리고 있지요. 이명박 정부가 들어서면서 이 행사의 의미가 상당히 훼손되고 있습니다(공식 추모곡인 '임을 위한 행진곡'이 엉뚱한 노래로 바뀌었습니다)만 역사의 큰 수레바퀴를 되돌리지는 못합니다.

그런데 요즘 일부에서 5.18을 다시 '사태'와 '폭거'로 바꾸려 하고 있네요. 국가정체성회복국민협의회, 한미우호증진협의회라는 희한한 이름의 단체가 바로 그들입니다. 특히 한미우호증진협의회 대표를 맡고 있는 서석구 씨는 한 라디오 시사 프로그램 인터뷰에서 5.18을 시종일관 '사태'라고 표현하더군요. 가관인 건 서 씨는 여기서 한 발 더 나아가 '5.18광주사태는 북한 특수부대원 600명이 몰래 잠입해 한 짓'이랍니다. 서석구 씨의 이 말이 사실이라면 전두환 노태우 씨는 참으로 억울하게 살인누명을 쓴 사람들인 거죠.

서석구 씨의 주장은 시쳇말로 '좀비스럽'습니다. 총으로 쏴도 죽지 않고 되살아나는 반공주의의 망령, 그 이상도 이하도 아니기 때문입니다.

좀비들은 빛이 닿으면 사라져 없어진다지요. 그래서 그런가요. 이들은 한사코 손바닥으로 해를 가리려 합니다. 좀비들의 손목을 잘라버리고 싶은 5월입니다.

2011년 6월호

안철수 신드롬이 남긴 교훈

가히 '안철수 열풍'이라고 불릴만한 초대형 태풍이 우리 사회를 휩쓸고 지나갔습니다. 기존 정치판에 대한 불신에서 비롯됐건, 순전히 그의 공익 우선 이미지에 열광했건, 일주일이 채 되지 않은 시간 동안 안철수에게 쏟아진 여론의 해바라기는 놀랄만한 일이었습니다.

급기야 안철수는 지난 9월 6일 박원순에게 '통 큰' 양보를 하며 순식간에 가장 당선이 유력한 대선후보로 치고 올랐지요. 그날 밤 있은 평화방송과 리얼미터 공동여론조사에서 안철수는 그토록 군건하던 박근혜 대세론을 가볍게 뛰어넘었습니다. 이를 두고 몇몇 언론은 '기존 정치판이 바뀌는 신호탄' '안철수 대선프로젝트 가동' 등으로 소설을 쓰고 있습니다.

그러나 우리는 가만히, 그리고 냉정히 지난 4~5일간을 되돌아볼 필요가 있지 않을까요?

첫째, 안철수는 자신이 먼저 서울시장 보궐선거에 나설 것이라는 말을 한 적이 없습니다. 그저 주변에 떠밀려서 '그렇다면 한 번 생각해 볼 필요'가 있겠고, '심각하게 고민 중'이라는 말을 했을 뿐이죠.

그럼에도 불구하고, '심각하게 고민 중'이라는 그의 말만으로 그는 기존 여야 예비후보 지지율을 압도적으로 뛰어넘는 지지를 받았습니다. 이것은 대중들이 한나라당 대 민주당의 대결구도에 심각한 피로감을 느끼고 있다는 뜻입니다. 그러나 이 두 거대 여야에 대한 피로감 못지않게 소위 진보진영이라는 세력들에 대한 '안쓰러움' 혹은 '못 미더움'도 거기에 묻어있습니다. 그렇지 않고서는 안철수가 우파는 물론이고 중도, 더 나아가 일부 좌파의 표까지 흡수하는 이 현상을 설명할 길이 없습니다.

둘째, 그는 지금까지 자신이 보여 온, 혹은 살아온 삶의 궤

적을 서울시정에 어떻게 투영할지에 대해서 단 한 마디도 언급하지 않았습니다. 그저 '서울의 소프트웨어를 바꾸고 싶다'는 총론적 소망을 말했을 뿐이죠. 즉, 그는 자의든 타의든 서울시장 보궐선거에 출마할 구체적인 준비가 아직은 안 돼 있다는 것입니다.

학자로서 회사 CEO로서 그가 걸어온 길과 행동이 TV를 통해 대중들에게 전달되면서 대중은 안철수에게 스스로를 의탁한 겁니다. '시골의사' 박경철과 함께 하고 있는 '청춘 콘서트'라는 새로운 형식의 대중소통도 '서울의 소프트웨어 일신'이라는 그의 총론적 소망이 대중들에게는 서울시정에 대한 구체적인 비전이라는 착각을 불러 일으켰을 겁니다.

셋째, 안철수의 주변인물과 그가 가진 정치적 지향점이 어떤 것인지가 확실하지 않습니다. 서울시정이 단순히 개인의 행정능력만으로 꾸려지지 않는다는 점, 좋든 싫든 그것은 정치적일 수밖에 없다는 점에서 이건 꽤 중요한 문제입니다. 박정희 정권부터 5~6공을 관통하며 보수적 기회주의자의 길을 걸어온 윤여준이 그의 곁에 있다는 게 거론되는 것도 이 때문입니다. 이런 점에서 지금 안철수의 정치적

좌표를 보는 관점은 좌파(강남좌파를 포함해서)의 착시현상에 다름 아닙니다.

어쨌든 지금의 안철수 신드롬은 한국 진보세력들이 깊이 반성하고 성찰해야 할 과제를 남겼습니다. 이명박 욕하는 거야 누구나 하는 일. 진보세력이 할 일은 거기에 한 숟가락 더 거드는 것이 되어서는 안 될 것입니다. 진보는 '시혜복지' 쪽에 더 가까운 안철수 같은 '명품보수'의 콩깍지를 민중의 눈에서 걷어내는 일을 해야 합니다.

그렇다면 이런 보수의 변화무쌍한 공격을 효과적으로 차단하는 방법은? 지금까지 해왔던 '나를 따르라' 식의 선동운동 방식, 진보의 고루한 외침만으로는 한계가 있습니다. 90년대 이후 이 방식은 실패를 거듭하고 있다는 게 이를 증명합니다. '브나로드'가 아니라 나를 열어놓는 것. 경쾌하게 진보 속으로 민중을 끌어 들이는 것. 이제는 그 방법을 고민해 봐야 할 때입니다.

2011년 10월호

나꼼수, 들을수록 불편한 이유

나꼼수(나는 꼼수다)가 시사 미디어의 새로운 방향을 제시하며 선풍적인 인기를 끌고 있습니다. 이 팟케스트 방송을 만들고 진행하는 네 사람(김어준, 정봉주, 김용민, 주진우)의 '이빨'은 금도와 경계를 허뭅니다. 그러면서도 무겁지 않습니다. 하하 깔깔 유쾌하고 수다스럽습니다. '무거운 주제를 이처럼 즐겁고 신나게 진행하는 시사 프로그램은 일찍이 없었다'는 도올의 말을 빌리지 않더라도 나꼼수는 무조건 재미가 있습니다.

나꼼수는 여론을 선도하는 힘도 대단합니다. 지난 10.26 서울시장 보궐선거에서 나꼼수의 위력은 충분히 입증됐습니다. 사립학교법과 나경원의 관계, 나경원 1억 피부관리설 등은 20~30대 유권자들를 대거 투표장으로 이끌었습니다. '쫄지 마' 한 마디로 압축되는 나꼼수는 그동안 억눌려 있던 민중의 분노를 끌어내 투표로 폭발시켰습니다.

나꼼수는 현재권력의 '꼼수'를 집요하게 파고들고, 그 이면을 굉장히 설득력 있게 대중에게 어필합니다. 저 역시 지난 4월28일 나간 첫 방송 'BBK 총정리'를 듣고서야 지난 대선 때 이명박 후보를 따라다녔던 의혹의 실체가 무엇이었는지 비로소 제대로 알 수 있었습니다. 모르긴 해도 꽤 많은 국민들은 이명박 대통령 도곡동 땅의 진실을 기존 미디어가 아닌 나꼼수를 통해 제대로 파악할 수 있었을 겁니다.

저는 그러나 나꼼수를 들으면서도 한편으로 가슴이 묵직합니다. 솔직히 말하자면 걱정스럽습니다. 진중권 씨가 썼었던 '한껏 들떠서 막장까지 갔다'는 류의 얘기를 하려는 게 아닙니다. 좀 더 근본적인 문제를 걱정하기 때문입니다. 그건 나꼼수가 좌파이거나 최소한 좌파를 지향하는가에 대한 의문입니다. 미안하지만 제가 듣고 있는 지금의 나꼼수는 좌파가 아니고, 최소한 좌파의 친구나 이웃도 아닙니다.

나꼼수의 순기능을 폄하하는 건 아니지만 적을 아군으로 착각하고 있는 지, 아니면 나꼼수 역시 예수 시대의 바리사이들 중 하나인지 헷갈리기 때문입니다. 이명박과 이명박 정권을 욕하는 건 지금 누구나 하는 당연한 것. 이명박 정권과 한나라당은 곧 사멸할 권력들입니다. 지금 우리가 똑바로 바라봐야하는 건 나라를 분탕질치고 있는 이명박 정권이 아니라 그 외곽에서 공생하고 있는 바리사이들입니다.

나꼼수가 이명박 정권을 절대 악이라고 집요하게 공격하면 할수록 다음 총선에서 다시 '비판적 지지'라는 악령이 되살아납니다. 좋게 봐줘도 합리적 보수주의자라고 밖에는 볼 수 없는 안철수가 차기 유력 대권후보로 뜨고 있는 것 또한 '비판적 지지'에 다름 아닙니다.

지금 우리국회에 제대로 된 좌파진보정당이 하나라도 있나요? 신자유주의 노선을 버리지 않고 있는 국민참여당과 합당을 이야기 하고 있는 민노당을 여전히 진보정당이라고 할 수 있을까요?

나꼼수가 한편으로는 고맙기도 하지만 들을수록 불편해지는 이유가 여기에 있습니다. 솔직히 지금 같은 형태로 나꼼수의 인기가 지속된다면 좌파진보정당이 설 자리가 점점 좁아질 것 같아서 그렇습니다. 그래서 바라 건데, 나꼼수는 적을 정조준해 주시라 부탁합니다. 나꼼수가 최소한 좌파의 친구라면.

2011년 12월호

국가주의

"아빠, 옛날에는 길 가다가 애국가가 나오면 다 멈춰 서서 차렷 해 있거나 국기 쪽 쳐다보고 경례했다며? 진짜야?"

퇴근 후 저녁을 먹는데, 10살 난 제 딸 세정이가 뜬금없는 질문을 던집니다. 솔직히 입에 가득 든 밥풀 쏟아낼 뻔 했습니다. 픽 웃음이 터졌거든요.

지금 생각해 보니 그땐 그랬네요. 제 또래(30대 중반~40대)라면 누구나 기억하시겠죠. 80년대 중반까지만 해도 국기계양식과 하강식이라는 게 있어서 그때마다 국기에 대한 맹세를 외고 다녔지요. 중학교 다닐 때까지는 저도 그랬던 것 같습니다. 수업 마치고 집에 가다 보면 어디선가 애국가가 들립니다. 그러면 길 가던 모든 사람들이 뻣뻣하게 서서 굳어 있던 모습이 생각나네요.

심지어 극장에서도 영화가 시작되기 전에 애국가가 나왔지요. 깜깜한 극장 안에 있던 사람들이 순간적으로 모두 좀비같이 일어났지요. 애국가가 끝날 때까지 송장처럼 서 있다가 앉곤 했지요.

지금 초중고생들에게는 한 마디로 '웃긴 얘기'지요. 굳이 '국가주의'라는 어려운 표현을 쓰지 않더라도 지금 아이들에게 이런 상황은 '개콘' 감입니다. 지금은 이런 일들이 많이 없어졌지만, 그래도 아직 한국사회에는 진작 없어졌어야 할 국가주의 의식이 엄연히 존재합니다.

프로야구 좋아하시는 분들이라면 플레이볼 휘슬이 애국가가 끝나고 울리는 게 짜증나지 않습니까? 지상파 방송국들은 선동렬 방어율도 안 되는 시청률의 애국가를 왜 방송 시작할 때와 끝날 때마다 틀어댈까요? 이거 전파낭비라고 말하면 비애국자가 되는 걸까요?

낚시판에도 이런 국가주의 잔재가 있습니다. ○○피싱클럽이나 △△낚시연맹의 낚시조끼에 굳이 태극기를 붙여야

하는 이유가 있을까요? 낚시대회 개회식이나 시상식 때 국민의례를 해야 하는 이유가 있나요?

형식은 알게 모르게 개인의 의식을 지배합니다. 국민 위에 국가가 있고, 국가의 이익을 위해서라면 개인의 기본권쯤은 희생해도 된다는 생각은 여러 형태의 국가주의로 나타납니다.

별 거 아닌 것 같지만 '모든 국민은 국가를 위해 존재한다'는 이런 발상은 무척 위험합니다.

북한 체제를 조롱하는 내용의 트윗이 북한에 대한 찬양고무로 해석되는 건 국가보안법이 헌법 위에 있을 수 있다는 국가주의적 발상입니다. 회사가 있어야 노동자도 있으니 회사가 어려울 때는 노동자가 구조조정(해고)을 기꺼이 감내해야 한다는 논리는 '기업국가주의'입니다.

이런 의식들이 우리 생활을 지배하는 한 개인의 자유와 권리는 늘 국가나 기업의 뒷전 일 수밖에 없습니다. 대한민국은 민주공화국이고, 모든 권력은 국민으로부터 나온다는 헌법 1조 1항과 2항이 무색하지요.

요즘 참 많은 낚시대회가 열리고 있습니다. 개인적으로는

'우리나라'라는 말도 안 썼으면 합니다만, 즐기자고 간 낚시터에서까지 국민의례 하는 일 만큼은 이제 없어졌으면 좋겠습니다.

2012년 6월호

자격심사? 누가 누굴?

새누리당과 민주당이 이석기 김재연 의원의 자격심사를 하겠다고 벼릅니다. 총체적으로 부실하고 부정의 소지가 있었던 통합진보당 비례대표 후보경선을 통해 당선된 것이 의심 되는 만큼 그에 대한 심사를 벌여 의원직 제명 여부를 논의하겠다는 거지요.

이석기 김재연 의원의 사상검증 논란은 유아적이고 초헌법적 발상이라는 여론에 밀려 차마 그건 건드리지 못하겠고, 대신 이들의 의원직 유지가 과연 법적으로 합당한지 따져보자는 것일 터. 물론 국회의원에 당선이 된 사람이 당선 무효에 해당하는 범법을 저질렀다면 당연히 그 사람의 의원직은 빼앗음이 마땅할 것입니다. 실제로도 실정법 상 사법부의 판단에 따라 그런 절차로 그런 일이 꽤 많이 있어 왔지요.

그러나 이석기 김재연 의원의 국회의원 제명 처리 건은 그 경우가 다릅니다. 이 두 사람이 과연 실정법을 위반했느냐의 문제는 사법부가 판단할 몫이고, 국회에서 이 둘의 의원직 자격논의는 그 바깥을 살피겠다는 뜻일 터. 그렇다면 국회, 특히 새누리당과 민주당은 이 두 사람의 무엇을 가지고 자격을 심사하겠다는 것인지 저는 그것이 의아합니다.

비례대표 후보선출과정에 문제가 있었고, 일정 정도 이상 비민주적이고 부정한 상황이 있었다고 해서 과연 새누리당과 민주당이 통합진보당 비례대표 의원의 자격을 심사하는 게 합당한 일일까요?

통합진보당은 이미 혁신비대위와 2차진상조사위원회를 꾸려 이 문제를 해결하려 노력해 왔고, 최근에는 심상정 의원을 원내대표로 추대하면서 두 의원의 사퇴를 압박하는 모양새입니다. 검찰까지 나서서 정당의 '집안일'을 파헤치는 것도 어불성설인데, 여기에 소위 여야가 한 목소리로 마녀사냥을 하려는 상황이 벌어지고 있는 겁니다.

저는 여기서 이석기 김재연 의원이 계속 국회의원직을 유지하는 게 옳다는 주장을 하려는 게 아닙니다. 처음부터 통합진보당의 사태를 걱정스럽게 지켜봐 왔고, 궁극적인 해결책은 비례후보들의 전원사퇴와 의원직 자진사퇴, 그리고 통합진보당의 거듭나기라 생각해 왔습니다. 이번 통합진보당 문제는 그 핵심이 내부 경선과정의 부정부실에 있는 만큼 그 해결책 역시 통진당 안에서 찾는 게 바른 길이지요. 그 해결책을 찾느냐 못 찾느냐는 전적으로 통합진보당의 역량에 달려 있고, 그 역량이 못 된다면 통합진보당은 자연도태될 것입니다. 밖에서 흔들 문제는 아니라는 말이지요. 어차피 통합진보당은 이 두 사람에게 곧 출당조치를 내릴 것이고, 그렇게 되면 둘은 국회의원직을 가지고 있더라도 그 활동이 크게 위축될 게 뻔합니다.

'국민의 눈높이' 운운은 적어도 지금 새누리당과 민주당이 할 수 있는 말이 아닙니다. 국회의원 비례대표 후보선출 과정의 부정으로 치자면 이석기 김재연 의원을 둘러싼 의혹은 새누리당과 민주당의 전력에 비하면 그야말로 조족지혈입니다. 새누리당과 민주당의 '비례후보 장사'는 이미 공공연한 비밀. 돈으로 국회의원직을 사고팔았던 정당들이 타당 비례국회의원의 후보선출과정을 문제 삼고 나선다는 건, 시 쳇말로 '쪽 팔리는 일' 아닌가요?

여의도 정치란 게 서로 내 몫만큼은 뺏기지 않겠다는 '정 글의 법칙'이 지배한다면, 새누리당과 민주당은 궁극적으로 서로의 영역을 인정하고 공생하는 악어와 사자 무리에 다름 아닙니다. 사자의 영역인 초원에만 악어가 다가가지 않는 한, 악어의 영역인 늪에만 사자가 먹이사냥 하러 가지 않는 한, 이 둘은 그들만의 세계에서 알콩달콩 살아가는 게 행복 할 터.

쪽 팔리는 집단들이 자신들의 똥은 치우지 않으면서 남이 광장 한 켠에 돗자리 까는 건 서로 못 보겠다는 심사지요. 이것도 집단이기주의라 해야 할까요?

2012년 8월호

답하라, 누구를 위한 대통령이 될 것인가?

선거판 구경하는 재미가 만만찮습니다. 나름 판세분석 하는 소위 정치평론가라는 '선거 장사꾼'들은 더 신이 났네요. 모르긴 해도 여러 매체에 팔려 다니느라 이들 몸값도 꽤나 올랐을 겁니다. 선거라는 게, 특히 대선이라는 게 언제부턴가 이처럼 재미있는 '게임'이 돼 버렸습니다. 누가 누구를 영입하고, 누가 누구와 편먹으면 지지율이 어떻게 될 것이라는 둥. 흔히 우리가 '정치공학'이라고 말하는 건 여러 형태의 게임아이템 놀이의 다른 말이 됐습니다. 모름지기 대의민주주의제를 가진 국가에서 최소한 5년의 나라살림을 맡길 사람을 뽑는 게 하나의 게임산업이 되고 있습니다. 이것도 일종의 선거자본주의지요.

그래도 명색이 대선인데, 우리가 장날 야바위꾼 종지 들추듯 대통령을 뽑아서야 되겠습니까? 후보들 됨됨이를 따져보고, 옛날에 뭐했는지 살펴보고, 그들 주변에 누가 있는지도 들춰봐야 하는 거 아닐까요? 이도저도 복잡해서 싫다면 '당신은 과연 누구 편인가?' 정도는 확실히 물어봐야 하는 거 아닐까요?

물론 '당신은 어느 쪽인가?'를 묻는 시도는 여기저기서 있었고, 지금도 그걸 묻는 입들이 있습니다. 그럼에도 불구하고 저는 최소 세 명의 후보(박, 문, 안)에게 똑 부러지는 대답을 들은 기억이 없습니다. 여기저기서 이들이 흘리고 다니는 말과 행동을 주섬주섬 모아 조각을 맞춰보면 그나마 박근혜 쪽의 스텐스가 가장 뚜렷합니다. 경제민주화니 단계적 복지니 하면서 왼쪽을 흘끔거리긴 하지만 그를 지지하는 굳건한 37~38%를 버리지 못하는 모양새를 보면 그는 '자본'의 편임이 비교적 선명합니다.

반면에 문재인 안철수 이 두 사람은 '자본의, 혹은 재벌기업집단의 대통령'이 되겠다고 나섰던 이명박이나 지금의 박근혜보다 훨씬 비겁해 보입니다. 문재인이야 보수정당인 민주당의 간판을 달고 있으니 그 한계 때문이라 치부해 버리면 그만입니다. 그러나 '새로운 세상'을 운운하는 안철수는 적어도 문재인과는 다른 그 무엇을 갖고 있음을 보여줘야 합니다. 그가 얘기하는 '새로운 세상'을 구체화 하는 정책과 그 정책을 서로 더불어 밀고나갈 '내편'이 누군지 확실히 말해야 합니다.

그러나 저에겐 지금의 안철수는 너무 모호합니다. 안철수를 지지하는 사람들에게야 그의 이런 모호한 자세가 신선해 보일지 모르지만 저에겐 그저 추석날 재탕되는 TV명화극장일 뿐입니다. 문재인은 물론이고, 안철수도 말합니다. '모든 국민의 대통령'이 되겠다고 합니다. 그런데, 이게 가능한 얘긴가요? 노무현이 실패한 이유는 그가 모든 국민의 대통령이 되려 했기 때문이라는 '고래가 그랬어' 발행인 김규항 씨의 말에 저는 공감합니다. 이건희도 국민이고, 정몽구도 국민이기 때문입니다.

안철수는 자신의 목표는 대통령이 아니라고 말 한 적이 있지요. 그는 이 말에 책임을 져야 합니다. 누가 더 많은 아이템을 가져가느냐를 겨루는 컴퓨터 게임 같은 한국 대선에서, 이기는 것이 목적이 아니라면 내 편이 누구인지를 선명하게 보여줘야 합니다. 그래야만 비록 이 게임에서는 질망정 '시대정신'을 끌어안을 수 있기 때문입니다.

저는 지난 몇 차례의 대선을 지켜보면서 늘 씁쓸했습니다. 막판에 가서는 항상 '비판적지지' 혹은 '차악의 선택'을 강요하는 끔찍한 유령이 한국사회를 휩쓸었기 때문입니다. 지금까지의 행태를 보면 이번 대선 역시 다르지 않을 것 같아서 또 한 번 씁쓸해 집니다. 정책적 차이가 선명하지 않고, 정체성마저 모호한 이들이 벌이는 이번 대선에서도 예의 그 '유령'이 또 한 번 출몰할 것 같아서 그렇습니다.

2012년 11월호

너무 티 나잖아요

79 대 0, 67 대 0.

농구 스코어라고 해도 의아한 점수가 축구경기에서 나왔습니다. 이 황당한 점수는 나이지리아 6부 리그 네 팀이 벌인 경기라네요. 나이지리아 플라테우 유나이티드가 아쿠르바FC를 79 대 0으로, 폴리스머신이 바바야로FC를 67 대 0으로 이긴 경기입니다. 이런 어처구니없는 점수가 난 건 이들 중 두 팀이 5부 리그 승격을 앞두고 골득실로 그 한 팀을 가려야 했기 때문이랍니다. 승부조작인 셈이죠. 그래도 그렇지 너무 티 나잖아요. 정도껏 해야지…….

한국의 프로 스포츠 경기도 최근 몇 년간 수차례 승부조작 홍역을 치렀지요. 2011년 프로축구 K리그 승부조작 사건이 있었고, 작년에는 프로배우 V리그와 프로야구도 그런 일이 적발됐습니다. 올해 초에는 유명 프로농구 감독이 승부조작에 연루된 사실이 밝혀지며 팬들에게 충격을 준 일도 있었습니다.

많은 사람들은 스포츠에 열광하며 이긴 사람(팀)에게는 박수를, 진 사람(팀)에게는 위로를 보냅니다. 내가 응원하는 선수(팀)가 행여 상대 선수(팀)에게 아깝게 지기라도 하면 당사자 못잖게 안타깝지요. 공정한 룰(경기방식)에 의한 승부에서 깨끗하게 졌다고 생각하기 때문입니다. 공정한 룰에 따라 경기가 진행이 되었고, 서로가 최선을 다해 가려진 승자와 패자이기 때문에 두 선수(팀) 모두에게 박수를 보낼 수 있는 거지요.

그런데 만약 룰(경기방식)이 공정하지 못하고, 승부에 조작이 있었다면? 우리는 안타까움 대신 분노를 표하겠지요. 또 그래야 마땅합니다. 그리고 그 승부를 조작하거나 룰을 어긴 선수와 심판은 당연히 징계를 받아야 합니다. 승부조작은 엄연한 범죄행위이기 때문입니다.

돈과 권력이 얽혀 있는 프로 스포츠에서 승부조작은 악마의 유혹일지 모릅니다. 들키지만 않으면 돈과 권력을 거머쥘 수 있다고 생각하니까요. 그런데 비단 승부조작(혹은 부정행위)이 스포츠에만 있는 일일까요? 그렇지 않지요.

모르긴 몰라도 역사적으로 가장 많은 승부조작은 정치행위(선거)에서 나왔을 겁니다. 가장 대표적인 승부조작(선거부정) 행위가 바로 미국의 '워터게이트 사건'이지요. 1972년 6월 미국 대통령 닉슨의 재선을 도모하던 비밀공작반이 워싱턴의 워터게이트빌딩에 있는 상대 당(민주당) 전국위원회에 몰래 들어가 도청장치를 설치하려다 발각된 사건입니다. 닉슨은 이 선거에서 이겨 재선에 성공했지만 워터게이트 사건의 전모가 드러나면서 결국 1974년 대통령직을 사임했습니다. 워터게이트 사건은 미국의 대표적인 부정선거와 선거방해 사건으로 기록돼 있는데요, 당초 대통령 닉슨은 도청사건과 백악관과의 관계를 부인했지요. '나는 몰랐다'는 겁니다. 그러나 '나는 몰랐다'는 닉슨의 이 말이 거짓말로 드러나면서 닉슨은 결국 임기 중 사임이라는 미국 역사상 전무한 기록을 남겼습니다.

한국의 지난 12월 대선 때 국정원이 어떤 일을 했는지가 논란이 되고 있는 지금. 갑자기 접한 나이지리아 축구의 '승부조작' 사건이 겹쳐집니다. 너무 티 나잖아요.

2013년 8월호

드레퓌스, 강기훈, 그리고 이석기

프랑스 포병 대위였던 알프레드 드레퓌스에게 씌워진 죄는 간첩죄였습니다. 1894년 프랑스 군사법정은 군사기밀을 독일에 몰래 팔아먹었다며 드레퓌스에게 종신형을 선고했지요. 그때 드레퓌스는 자신이 누명을 썼다고 항변했지만 소용이 없었습니다. 알프레드 드레퓌스는 유대인이었기 때문입니다. 반 유대인 정서가 강했던 당시 프랑스 군 수뇌부에게 드레퓌스는 가장 만만한 먹잇감이었던 거지요. 3년 후 진범이 잡혔지만 프랑스 군사법정은 진범에게는 무죄를, 드레퓌스에게는 다시 유죄를 선고합니다. 이때 에밀졸라는 그 유명한 신문칼럼 '나는 고발한다'를 발표합니다. 마침내

'드레퓌스 사건'은 거짓의 장막이 걷히지만 프랑스와 프랑스 군사법정은 꿈쩍도 하지 않습니다. 프랑스 사법부는 오히려 신문 칼럼을 쓴 에밀졸라에게 사법부를 모독했다며 징역형을 때렸죠.

1991년 5월, 시위 도중 경찰에 맞아 숨진 강경대 씨 사건에 항의하며 당시 전민련 사회부장이던 김기설 씨가 서강대 옥상에서 분신자살합니다. 검찰은 분신한 김기설 씨의 유서를 대신 써주고 자살을 방조했다는 혐의를 씌워 당시 전민련 총무부장 강기훈 씨를 구속기소합니다. 그리고 1992년 7월 법원은 강 씨에게 유죄를 선고하고 징역 3년형을 때렸지요.

120년 전 프랑스에서는 거의 모든 언론이 '드레퓌스를 일단 죽이고 보자'는 식으로 여론몰이를 했습니다. 22년 전 한국의 언론도 운동권 학생들을 반도덕 반인륜 집단으로 매도하기에 바빴지요. 심지어 김지하 씨까지 조선일보에 '죽음의 굿판을 걷어치워라'는 칼럼을 실어 학생운동의 숨통을 기어이 끊어 놓고 말았습니다.

최근 통합진보당 이석기 의원과 관련한 일련의 '헤프닝'을 보면서 저는 120년 전 프랑스에서 있었던 '드레퓌스 사건'과 20여 년 전 한국의 '강기훈 유서대필 사건'이 떠오릅니다. 아직 재판이 시작되지도 않았습니다만 이석기는 이미 한국의 거의 모든 언론에 의해 '내란음모의 몸통'으로 낙인이 찍혀 버렸습니다.

드레퓌스는 1906년 최고재판소의 재심을 통해 기어이 무죄를 확정 받고 다시 군인으로 돌아갔습니다. 봉건주의 국가주의 대 공화주의 인권주의의 싸움에서 12년 만에 공화주의와 인권주의가 승리를 했지요. 강기훈 씨 건은 작년 10월에야 겨우 법원의 재심결정이 내려졌습니다. 21년 만에 내려진 재심결정입니다. 그러나 그 재심이 언제 열릴지는 아직 아무도 모릅니다.

저는 이석기 씨가 합정동 건물 강당에서 이른바 '조직원'들을 모아놓고 내란을 음모하면서 선동했다는 그의 말들이 한 나라를 뒤집어엎을 정도로 위험한 수준인지 솔직히 의문입니다. 깡통폭탄과 비비탄 권총을 들고 '우리 이걸로 은행이나 털까?'라고 말하면 은행털이범이 되거나 강절도 모의 죄가 성립하나요?

드레퓌스 사건은 프랑스에서 공화정의 정착, 그리고 사상과 표현의 자유가 크게 넓어지게 된 계기가 되었습니다. 그러나 아직도 한국에서는 보수정권의 존립이 조금이라도 불안할 것 같으면 예의 '드레퓌스 류' 사건이 터집니다. 한국판 드레퓌스 사건이라 불리는 강기훈 유서대필 사건이 20년이 지나도 재심이 요원한 마당에 이번에는 '이석기 헤프닝'이 터진 겁니다.

애밀졸라는 '나는 고발한다'를 쓰면서 '프랑스여 어디로 가고 있는가'라고 한탄했습니다. 한국은 도대체 언제까지 반공의 가마솥에서 종북의 사골을 우려먹을 까요.

2013년 10월호

한국사회의 아이히만들

일인시위 한 번 해 봤습니다. 작년 연말 쯤 경찰의 난입으로 경향신문 건물에 세 들어 있는 민주노총 사무실이 난장판이 된 다음날. 저는 '철도민영화 절대 안 돼' 피켓을 들고 고양시 화정역 1-2번 출구 아래에서 오전 7시 반부터 한 50분 정도 찬바람 맞으며 서 있어봤습니다.

"고생하십니다. 힘내세요." 다가와 내 어깨를 한 번 툭 쳐주시며 응원하는 분도 계셨고, 바쁜 출근길 발걸음을 돌려 뜨거운 종이 커피를 내미는 분도 계셨습니다. 물론 개중에는 "민영화 안 한다는데 쯧쯧…" 하며 혀를 차시는 어르신들도 계셨습니다. 그러나 대부분의 시민들은 옷깃 깊숙이 표정 없는 얼굴을 묻은 채 제 피켓 앞을 지나갔습니다. 시민들은 바쁩니다. 그들의 출근길에는 피켓에 눈길을 줄 여유가 없습니다.

그러나 대부분의 시민들은 잘 알고 있습니다. 수서 발 케이티엑스(KTX) 자회사 설립이 어째서 철도 민영화의 전단계인지, 철도가 민영화 되면 인민대중들에게는 어떤 일들이 벌어지는 지. 저는 이참에 이 문제에 대해 좀 더 본질적인 면을 이야기 하고 싶습니다.

철도를 비롯한 국가 기간산업 같은 공공부문의 민영화 추진은 박근혜 정부의 새삼스런 해악질이 아니지요. '이명박 근혜 정권'의 일관된 '삽질'도 아닙니다. 그 뿌리를 파보면 김대중 정부에서 시작해서 노무현 정부에서 다져진, 신자유주의 체제의 거대한 벽이 드디어 우리 눈앞에 우뚝 서 있을 뿐입니다. 그땐 미처 몰랐던(아니 가려져 있던) 그 벽이 지금 우리 코앞에 나타난 것이고, 그동안 왜 이렇게 숨 쉬기가 어려웠는지 이제야 조금은 알게 된 거지요.

따라서 지금 이 숨 막히는 상황은 한편의 스릴러 영화입니다. 자유보수주의자들이 기획제작하고 극우주의자들이 연출과 주연을 맡고 있는. 제목은 '돌진 대한민국, 신자유주의 제국으로'가 되겠습니다. 이 영화의 스토리는 안 봐도 비디옵니다.

자본과 권력은 노동인민들을 중심부와 주변부, 그리고 주변부에도 속하지 못하는 배제계급으로 갈라놓습니다. 자본과 권력은 중심부 노동인민을 포섭한 후 그들로 하여금 주변부 노동인민을 착취하게 하지요. 주변부 노동인민들은 그들 자신들이 배제계급으로 떨어지지 않기 위해 배제계급을 짓밟습니다. 결국 자본과 권력은 노동인민들을 이렇게 여러 갈래로 찢어놓음으로써 그들을 노예로 부릴 수 있게 됩니다. 물론 노동인민들은 그들이 노예인지 조차 모른 채 노예로 살아갑니다. 이 거대하고 치밀한 신자유주의체제 속 한국의 노동인민들은 그저 '살아내는' 것 자체가 바쁘기 때문입니다.

이 영화에 등장하는 노동인민은 다름 아닌 우리 자신들입니다. 섬뜩한 영화 아닌가요? 저는 일인시위를 하면서 내 피켓 앞을 바쁘게 지나가는 시민들을 한사람 씩 바라보면서 아이히만을 떠올렸습니다. 600만 유대인을 학살한 홀로코스트의 주인공 아돌프 아이히만. 어쩌면 우리 개개인은 지금 한국의 아이히만일지도 모른다는 생각. 너무 비약적인가요?

그러나 〈예루살렘의 아이히만-부제 : 악의 평범성에 대한 보고서〉에 나오는 아이히만은 지금의 우리와 다르지 않습니다. 지금 한국사회에 살고 있다면, 아이히만은 평범한 가장이자 아이들의 자상한 아버지이고, 직장에서는 일 잘 하는 유능한 직원일 겁니다. 그러나 2차 세계대전이라는 역사의 한 페이지에서 그는 악마였습니다. 이 책의 저자 한나 아렌트가 밝혔듯이, 제대로 생각하고 판단하고 말하지 못한다면(생각의 무능성, 판단의 무능성, 말하기의 무능성) 그 자체가 '악'이기 때문입니다. '유치원이 아니라 정치에서는 복종과 지지는 동일하다'는 아렌트의 말에 공감하기 때문입니다.

우리가 무심코 하는 생각과 말, 그리고 행동-이를테면 나라를 위해서(국가주의), 민족을 위해서(민족주의)-이 얼마나 위험할 수 있는 건지, 이제는 한 번 쯤 생각해 봐야 할 때입니다. 아돌프 아이히만은 지극히 '정상'적이고 '긍정'적인 사람이었습니다.

2014년 2월호

임을 위한 행진곡

한 5년 전으로 기억합니다. 그해 겨울, 일본 낚시대회를 취재하고 돌아오던 날 공항에서 화물을 기다리다가 저도 모르게 휘파람을 불었습니다. 〈임을 위한 행진곡〉. 그랬더니 동행했던 한 여성 낚시꾼의 느닷없는 물음.

"그거 군가죠?"

나는 말문이 막혔습니다. 80년대 말~90년대 초 대학생활을 했던 나, 아니 우리는 이 노래를 입에 달고 살았지요. 당시 캠퍼스 안에는 이 노래가 하루라도 안 들리던 날이 없었습니다. 한 세대도 아닌, 저보다 6~7년 후 대학생활을 했던 그는 이 노래를 모르고 있었습니다. 뭐, 민중가요에 관심이 없으면 그럴 수 있습니다.

그런데 최근 〈임을 위한 행진곡〉을 5.18 기념곡으로 지정하는 것에 대해 '반대여론이 있어 국론분열이 우려될 수 있다'는 말이 나왔네요. 이 말을 한 주인공은 다름 아닌 대한민국의 국무총리 정홍원입니다. 그것도 사석에서가 아니라 국회 대정부 질문에서 나온 말이네요.

그런데 말입니다. 〈임을 위한 행진곡〉은 불과 작년에, 그것도 여야의 합의로 5.18 기념곡 지정 촉구 결의안으로 통과 된 노래입니다. 한 마디로 정리하자면, 정 총리는 국회에서 통과된 결의안을 시쳇말로 '생깠'습니다.

〈임을 위한 행진곡〉은 저릿한 아픔을 가진 노래입니다. 1980년 5월 27일 5.18 광주민주화운동 도중 전남도청을 지키다가 계엄군의 총에 맞아 숨진 시민군 대변인 윤상원 씨와 1979년 노동현장에서 '들불야학'을 운영하다가 숨진 노동운동가 박기순 씨의 영혼결혼식에 헌정된 노래입니다. 그 뒤 〈임을 위한 행진곡〉은 5.18 기념일 뿐 아니라 학생운동과 노동운동 현장 등에서 널리 불리게 되었지요. 5.18 광주민주화운동이 정식으로 국가기념일이 된 1997년 이후 매년 정부가 주관하는 기념식 때마다 행사 말미에 기념곡으로 불렸던 노래가 〈임을 위한 행진곡〉입니다. 심지어 한국에서 귀국한 이주노동자들의 입을 통해 지금은 홍콩 중국 대만 캄보디아 등 외국의 노동현장에서도 그 나라 말로 번안돼 불리고 있는 게 바로 〈임을 위한 행진곡〉입니다.

그런데 이명박 정권 때인 2009년부터 이 노래가 공식 식순에서 빠지게 되지요. 그러다가 급기야 2013년, 국가보훈처가 〈임을 위한 행진곡〉을 대신할 다른 노래를 만들겠다는 발표까지 했습니다.

이번 정 총리의 발언에 대해 '역사인식이 결여된' 식의 평가를 하는 건 부적절해 보입니다. 제가 보기엔 이명박 정권과 박근혜 정권을 관통하는 어떤 이데올로기가 특정 사안(혹은 단어)에 대해 경기반응을 일으키는 일종의 병리 현상입니다. 그 특정 사안(혹은 단어)은 '노동조합' '민주화' '파업' '전교조' 등이며, '5.18' 역시 거기에 속하는 것이겠지요.

이 병을 치료할 약은…. 안타깝지만 없습니다. 앞으로도 아마 개발될 리 없을 겁니다. 우리가 해야 할 일은 우리 주변 세대와 우리 다음 세대가 이 병에 걸리지 않도록 하는 것

입니다. 이 병을 고치는 치료제는 없지만 다행히 예방백신
은 있습니다. 바로 '제대로 된 역사교육'입니다.

그나저나 박근혜 대통령은 이번 5.18 기념식에 참석할까
요?

2014년 5월호

농약과 항생제

지금이야 그런 일들이 드물지만 80~90년대만 해도 심심찮게 일어났던 사건이 있습니다. 여름 땡볕 아래 논에서 일을 하다 집으로 돌아온 농부가 농약을 병째 마신 후 쓰러져 병원으로 실려 갔다는 뉴스. 십중팔구는 우유인줄 알았다는 겁니다. 농촌에 살아본 사람은 잘 알겠지만, 실제로 농약을 물에 희석하면 뿌연 것이 꼭 우윳빛입니다.

그래도 다행인 건 농약을 마시면 몸이 바로 반응을 한다는 거지요. 장이 심하게 뒤틀리면서 배를 움켜쥐고 데굴데굴 구르게 됩니다. 목젖에 손가락을 집어넣어 토해내고 병원으로 가서 바로 위세척을 하면 생명에는 지장이 없습니다.

그런데 지금 우리에게는 눈에 보이지 않는, 농약보다 더 위험한 것이 상존합니다. 바로 항생제라는 물질입니다. 누군가가 지적했듯이 현대를 살아가는 우리에게 지금 농약보다 더 위험한 건 항생제입니다.

"농약은 입에 들어가면 몸이 아프다고 바로 반응을 하지만 항생제는 몸이 그냥 받아들인다."

항생제를 규정하는 말 중에 이것보다 더 무서운 게 있을까요.

세균을 죽이는 항생제는 아군과 적군을 가리지 않습니다. 나쁜 균을 죽이지만 좋은 균도 무차별 공격하는 게 항생제지요. 더 무서운 건 이 항생제가 우리 몸에 계속 들어가게 되면 내성균이 생겨 웬만한 항생제로는 치료가 되지 않는다는 겁니다. 이렇게 되면 인간은 면역력이 떨어지게 되고, 결국에는 가벼운 질병조차 이기지 못하게 됩니다.

제가 여기서 장황하게 농약과 항생제 이야기를 늘어놓는 건, 지금의 한국사회가 어쩌면 심각한 항생제 남용 사회일지도 모른다는 생각이 들어서입니다. 관권부정선거로 정권을 잡아도, 그걸 덮으려 공권력을 사병 부리듯 휘둘러도, 한국 인민들의 대통령 지지율은 늘 60% 안팎이라는 게 그 방증입니다.

세월호 참사가 터진 이틀 후인 4월 18일 리얼미터 여론조사 결과를 보면 대통령 지지율이 71%였습니다. 그때야 민관군이 모두 나서서 배 안에 갇힌 승객들을 모두 구조할 거라는 희망이라도 있었기 때문이라고 칩시다. 그런데 시간이 지나면서 약간 내려가긴 했으나, 4월 28일 대통령 지지율은 57.9%였습니다. 그리고 세월호 참사 27일 째인 5월 12일 현재도 박근혜 대통령은 (언론에서 크게 떨어졌다고 호들갑을 떨지만) 여전히 절반이 넘는 51.8%의 지지율을 기록하고 있습니다.

이건 누가 봐도 상식 밖이죠. 근대화 이후 최악의 국가적 재난과 그에 대처하는 정부의 무능이 연일 드러나고 있음에도 박근혜 대통령은 자신의 에버리지를 굳건히 유지하고 있습니다. 한국인민들의 집단적 항생제 중독을 빼놓고는 다른 설명을 찾을 수 없는 수치입니다. 여기서 말하는 항생제는 '분노 삭제'를 말합니다. 실제로 이명박-박근혜 정부로 이어지는 6년 남짓 기간 동안 (정확히는 이명박 정권 초기의 광우병 촛불 이후) 한국인들은 분노를 잃어버리고 있습니다. '분노 삭제'라는 항생제가 '비판 기능'을 마비시키고 있는 것이지요.

이 항생제는 그동안 전방위적으로, 그것도 무차별 살포되고 있었습니다. 박근혜 정권의 '신유신통치'에 발맞춘 조중동과 종편들은 물론이고 3개의 지상파들조차 한국인민들에게 이 항생제를 먹이고 있었습니다. 이러니 항생제에 중독된 인민들은 처음에는 '맞을까봐' 분노하지 못하다가, 종래에는 분노의 방법, 아니 '분노' 자체를 잊어버린 채 살아갑니다.

'분노 삭제' 항생제는 공기전파 능력까지 갖고 있어서 어린 학생과 청년세대에게도 쉽게 전파가 됩니다. 오죽하면 고3 여학생이 '죽을 각오를 하고' 청와대 홈페이지에 글을 올릴까요. 청와대 게시판에 글 쓰는 일이 과연 죽을 각오를 해야 하는 국가전복 기도나 내란음모인가요?

한국사회는 점점 전체주의 사회가 돼 가고 있다는 건 저만의 기우일까요. 그게 아니라면 '분노삭제' 항생제에서 해방돼야 합니다. 벗어나야 합니다. 걷어내야 합니다.

다음 글은 지난 5월 10일 안산의 촛불추모행사에서 낭독된 격문입니다. 분노의 다음 순서는 행동입니다.

〈격문〉 왜 그랬습니까?

정부에게 묻겠습니다. 왜 그랬습니까? 대답하십시오. 왜 그랬습니까? 도대체 왜 이런 사고가 터진 겁니까? 아니, 질문을 정확하게 합시다. 왜 사고가 끔찍한 참극으로 변해버린 겁니까?

평형수를 4분의 1만 채우는 대신 화물은 최대 적재량의 세 배를 실었고 그 화물을 제대로 묶지도 않았습니다. 왜 그랬습니까?

수명이 다 해서 폐기처분해야 할 배를 무게중심조차 못 잡을 정도로 개조한 그 배를 운항을 하도록 허가한 건 누구입니까? 도대체 왜 그랬습니까?

119에 전화를 걸어서 살려주세요 살려주세요 배가 침몰해요 아저씨 살려주세요. 그 아이들에게 위도와 경도를 불러주세요. 미쳤습니까? 당신들 제정신입니까? 왜 그랬습니까?

9시 30분 해경이 처음 도착했을 때였습니다. 그 시각에 객실은 물에 잠기지도 않았습니다. 그럼 객실에 들어가야지요. 사람들을 데리고 나와야지요. 그게 아니라면 탈출하라고 어서 갑판으로 나오라고 소리쳤어야지요. 그런데 해경은 그 작은 구명보트만 떨어트렸습니다. 왜 그랬습니까? 당신들을 발견한 아이들이 객실 유리창을 마구 두드리는데 사진으로도 그 아이들이 다 보이는데 왜! 왜 눈뜨고 구경만 한 겁니까. 세 시간이 넘는 그 시간 동안 도대체 왜 그랬습니까!

500명의 잠수사를 투입했다 헬기는 121대를 투입했다 69척의 배를 투입했다! 그런데 아니었습니다. 현장에는 헬기 2대, 군함 2척, 경비정 2척 특수부대보트 6대, 민간구조대원 8명! 이게 전부였습니다. 왜 거짓말을 했습니까.

모든 것을 다 동원해 최선을 다하고 있다고 공중파를 통해 광고를 하고 있었지만 전원구조했다는 오보가 판을 쳤지만 정작 배가 다 가라앉을 때까지 아무것도 하지 않았다고 하더군요. 왜 그랬습니까.

다 가라앉고 나서도 30분씩 3번 물속으로 내려갔다더군요. 그날 날씨가 나쁘지도 않았는데 왜 그랬습니까. 그리고 사고 난지 나흘이 되어서야 그제야 물에 들어갔습니다 왜 그랬습니까?

사람들을 살리겠다는 생각이 있었으면 그러진 않았을 겁니다. 크레인선은 왜 승인을 안 해줬고 미군의 구조헬기는 왜 거절을 했고 구조용으로 만들었다는 천육백억짜리 통영함은 왜 투입하지 않은 겁니까? 300명의 목숨값 쯤이야 너무 하찮았던 겁니까?

왜 그랬습니까? 왜 초기에 구하지 않았습니까? 항간에 떠도는 이야기처럼 정말 돈 때문에 그랬습니까? 그걸 믿을 수가 없습니다. 도저히 믿고 싶지 않습니다. 거대한 자연의 힘 앞에 불가항력인 일이었다면 이렇게 억울하고 원통하진 않을 겁니다. 무슨 거대한 음모라도 있는 거라면 차라리 좋겠습니다. 정말 돈 때문입니까? 정말 돈 때문에 그런 겁니까?

왜 그랬습니까? 이 사건, 이 사고는 무슨 의혹이 이렇게 많습니까? 왜 이렇게 이해할 수 없습니까? 최초 사고 시각은 도대체 몇 시입니까? 교신기록의 일부는 왜 삭제했습니까? 항로 기록은 왜 사라졌다 다시 나타났습니까? 배가 침몰하는데 왜 움직이지 말라고 했습니까? 가만있으라 가만히 있으라 그렇게 꼼짝 못하게 해놓았으면서 선장과 승무원들은 자기들만 아는 통로로 빠져나간 건 무엇 때문입니까?

왜 해경은 선장과 승무원들을 먼저 구조해서 달아나듯 떠났고 왜 하필 해경수사관의 아파트에 데리고 간 겁니까? 왜 하필 그 아파트 CCTV 기록 두시간이 사라졌습니까? 왜 그랬습니까 왜? 아무리 생각해봐도 해경이 수사를 받아야하는데, 검경합동수사본부라니요? 이게 무슨 소리입니까? 피의자가 되어야 할 해경이 왜 수사의 주체가 되어 있습니까? 압수수색을 한다고 미리 귀띔해주는 건 또 뭡니까? 이렇게 해서 진실을 밝힐 수 있겠습니까? 왜 그랬습니까 왜?

대답하십시오. 세월호 사고의 진실이 뭡니까? 청해진해운, 해운조합, 해경, 국방부, 안전행정부, 그리고 청와대. 누구든 좋습니다. 진실을 밝히란 말입니다. 당신들 중에 양심 있는 자들은 아무도 없습니까? 당신들 중에 용기 있는 자들은 아무도 없습니까?

벌써 25일이 흘렀는데 미치고 답답해서 죽을 지경인데, 이건 또 무슨 소리입니까? 유가족들이 생떼를 쓴다 촛불에 종북좌파들이 끼어있다 일당 6만원 받고 알바하는 거다 세월호 때문에 경기가 침체된다 한해 교통사고 사망자에 비하면 세월호 희생자 300명쯤이야 별거 아니다. 도대체 왜 이런 소릴 합니까? 도대체 무엇을 믿고 이런 악마 같은 소릴 합니까?

대답하십시오. 이 모든 것을 누가 책임질 겁니까? 당연히 국가가 책임져야 합니다. 정부가 책임져야 합니다. 그런데 나는 모른다 그건 내 권한이 아니다 그건 우리 소관이 아니라 모른다?

서로 책임 떠밀고 오리발 내밀고 조작하고 은폐하고 막말하고 끝까지 그렇게 나오겠다면 우리 국민들이 직접 책임지겠습니다.

무능한 정부는 필요 없습니다. 거짓말 하는 정부는 필요 없습니다. 국민을 책임지지 않는 정부는 아무 필요 없습니다. 우리가 직접 이 나라를 바꾸겠습니다.

자 이제 대답하십시오!

2014년 6월호

절벽으로 질주하는 기차를 멈추려면

은어낚시 취재를 갔다가 거기서 우연히 군대 고참을 만났습니다. 저보다 딱 1년 고참인데 저랑 나이는 같은, 그래서 우리는 바로 친구 먹었(^^)습니다. 강가에 앉아 이런저런 얘기를 나누다가 그 친구가 갑자기 발 앞의 얕은 여울을 가리킵니다.

"송사리 새끼들 봐라. 떼로 몰려가네."

그 친구의 손가락이 가리키는 물속에는 정말로 새끼 손톱만한 송사리 새끼들이 우르르 몰려 이동하고 있는 게 장관이었습니다. 지나가는 말로 그 친구가 한 마디 툭 던지더군요.

"인간들…, 선거 때 저렇게 몰려갔으면 세상이 바뀌었을

텐데…"

6.4지방선거가 끝난, 그 주말에 있었던 일입니다.

저는 서울로 올라오는 길에 그 친구가 내뱉은 말을 다시 떠올려봤습니다. 6.4지방선거 전국 투표율은 56.8%였습니다. 지난 1998년 제2회 지방선거(52.3%) 이후 16년만에 최고의 투표율을 기록했습니다. 그 친구 말대로라면 얼마나 투표율이 더 높아져야 세상이 바뀔까요?

미안한 말이지만, 단언컨대 지금과 같은 선거제도와 정당구도라면 결코 세상은 바뀌지 않습니다. 더 가진 놈, 힘 센 놈이 도와달라고 '난민 코스프레' 한 게 이번 지방선거였습니다. 세월호 참사에 기대어 지방권력을 제대로 가져올 수 있겠다며 표정관리 했던 게 이번 지방선거였습니다. 우리는 매번 선거 때마다 이른바 '차악의 선택'을 강요받아 왔습니다. 이번에도 여지없이 '차악의 선택'이라는 유령이 선거판을 집어삼켰습니다. 그러나 어땠습니까? 지난 수십 년 간 우리가 선택한 차악이 단 한 번이라도 최악이 되지 않았던 적이 있었습니까?

박근혜 정부는 기다렸다는 듯이 지방선거가 끝나자마자

2000여명의 경찰병력을 동원해서 밀양 송전탑 건설을 반대하는 주민들의 움막 농성장을 철거해버렸습니다. 그들은 실신한 할매들을 끌어내고 마구잡이로 연행했습니다. 박근혜 정권의 폭력? 맞습니다. 그러나 우리가 분명히 알아야 할 것이 있습니다. 밀양 송전탑 건설계획은, 제주 강정마을 해군기지와 마찬가지로, 노무현 정권 때 세운 겁니다.

2년 전 회사(신성여객)의 부당해고 및 직장폐쇄와 맞서 싸우다 지난 4월 30일 스스로 목을 맨 후 그동안 사경을 헤매던 전주 버스 운전노동자 진기승 씨가 지난 6월 2일 끝내 숨졌습니다. 그보다 앞선 지난 5월 17일에는 염호석 삼성전자 노조 서비스지회 양산센터 분회장이 스스로 목숨을 끊었습니다. 작년 10월 최종범 씨에 이어 삼성전자서비스지회 노동자의 두 번째 죽음입니다.

밀양과 세월호, 버스 노동자와 삼성전자 서비스지회 노동자의 죽음은 다르지 않습니다. 이 모든 게 자본의 탐욕이 만들어낸 참극입니다. 신자유주의라는 괴물이 우리의 숨통을 조이고 있는 겁니다. 오늘은 내가 살아있지만 내일 혹은 모레, 나 또는 내 가족이 그 괴물의 밥이 될 수 있다는 걸 우리는 깨달아야 합니다. 지난 5월 19일 청년좌파들이 서울 마포에 있는 박정희 기념관을 기습점거 했습니다. 이들 청년좌파들이 낸 입장문은 오늘날 한국인민들이 알아야 할 게 무엇인지를 잘 말해줍니다. 이날 발표한 청년좌파들의 입장문 일부를 여기에 옮깁니다.

시대의 화두가 된 "가만히 있으라"는, 단지 부패한 정치인, 무능한 정부를 의미하는 말만은 아니다. 생명보다 이윤이 더 중요한 이 신자유주의 체제 신봉을 그만둘 것이냐 말 것이냐의 문제에 답하지 않고, 이 물음은 해결될 수 없다.

(… 중략 …)

절벽으로 달려가는 열차 안에서, 이 열차의 진로를 가만히 둔다면 기관사의 목을 아무리 갈아 끼워도 그것은 "가만히 있는 것"에 불과하다. 기관사는 절벽에 떨어지지 않기 위해 속도를 높이자는 이해할 수 없는 주장을 하고 있고, 승객 중 일부는 전 기관사는 이렇게 예의 없게 운전하진 않았다며 그리워하고 있다. 어떤 기관사 지망생은 자기가 새로운 운전법을 구사할 줄 안다는 말만 3년째 중얼거리면서 아무것도 안하고 있다. 진정으로 살기 위해서 가장 먼저 할 일은 일단 기차 문을 열고 이 망할 사신 같은 놈들을 다 밖으로 내던지는 일이다. 물론 이런 이야기는 비현실적이라는 소리를 들을 수밖에 없을지도 모른다. 하지만 절벽에 떨어지지 않기 위해 바꿔야 할 것은 기관사의 숙련도도, 예의범절도, 운전법도 아니다.

문제는 방향이다. 당신에게 상식이 있다면, 기차를 멈추고 방향을 돌려 절벽 반대쪽으로 달려야 한다는 사실을 이해할 것이다.

방향을 바꾸는 것만은 안 된다고 믿는 사람들의 생각, 숙련도와 예의범절과 운전법에서 해법을 찾고자 고군분투하는 사람들의 생산성 없는 노력, 이 모든 것들이 곧 "가만히 있으라"는 세상의 명령이다. 그리고 이 명령에 더 이상 따른다는 것은, 우리 모두가 각 생명 사이의 유대를 끊고, 인간성의 상실을 선언한다는 뜻이다.

2014년 7월호

사회

달인

머리 좋은 사람은 열심히 하는 사람을 못 이기고, 열심히 하는 사
람은 즐기는 사람을 따라가지 못한다.

고시 합격자의 수기나 자기 개발서 같은 책에서 흔히 볼
수 있는 글입니다. 주어진 환경을 피하려 하거나 요령 없이
우직하기보다는 그 속에 스며들라는, 일종의 계급부정을 위
한 최면 같은 거지요.

'열심히' 하는 사람을 이기는 '즐기는' 사람에게 우리는 언
제부턴가 '달인' 칭호를 붙이고 있습니다. 머리 위에 3층 4층
밥상을 이고 복잡한 시장 골목을 달리는 밥집 아주머니를

우리는 그렇게 부르고, 뜨거운 기름 프라이팬 위에서 사철 손 식을 새 없이 한번에 10개 20개의 만두를 구워내는 분식집 주인을 우리는 또 그렇게 부릅니다.

요즘 꽤 시청률이 높다는 한 방송사의 어떤 프로그램이 우리를 그렇게 만들고 있는 거지요. 이 프로그램을 보고 있으면 지금 우리가 살고 있는 곳은 숨 막히고 아찔한 신자유주의 세상과 거리가 멀어 보입니다. '달인' 프로그램은 지배계급이 피지배계급의 동요(혹은 소요, 더 나아가 혁명)를 원천차단 하기 위한 가장 효과적인 방법이란 걸 많은 인민들이 잘 알지 못하고 있기 때문입니다.

물론 자본이나 권력을 가진 지배계급들은 '네가 처해 있는 환경에 불만 갖지 말고 그저 네 할 일이나 열심히 하라'는 옥박지름보다, 인민들을 순한 양으로 만들기에는 이 방법이 더 쉽고 편하다는 걸 잘 알고 있습니다.

'달인'을 보는 인민들이 '저 사람 참 열심히, 또 즐겁게 일하면서 사네. 나도 저렇게 살아야 되는데…' 생각하게 만드는 거지요.

우리는 '개천에서 용 나기란 이미 그른 세상이 됐다'는 걸 가끔, 그러나 아주 찔끔 느끼기도 합니다. 장관 딸의 '맞춤채용' 같은 뉴스를 볼 때 말입니다. 그러나 곧 잊어버립니다. 매주 한 번씩 방송되는 '달인'들의 경지에 숙연해지기 때문입니다.

그런 점에서 같은 오락 프로그램이라 해도 어떤 개그프로그램에 나오는 '달인'은 앞의 달인과는 좀 다르지요. '16년을 줄에 매달려 살면서 아직 한 번도 땅을 밟지 않은…' 같은 걸 볼 때면 안쓰럽다는 생각도 듭니다.

비약인지 모르겠습니다만 저는 이 개그프로그램에 나오는 달인이 지배계급의 교묘한 '인민 최면술'을 고발하고 있다는 생각이 들 때가 있습니다. 티브이 속 이쪽 달인과 저쪽 달인은 결국 같다는 걸 말 하려는 게 아닐까, 이쪽 달인에게는 찬사를 보내고, 저쪽 달인은 마냥 비웃는 우리들의 착시현상을 일깨우려는 게 아닐까, 하는 생각 말입니다.

2010년 11월호

나쁜 사마리아인들

며칠 전 가족과 함께 차를 몰고 어디를 가고 있는데, 초등학교 1학년 딸아이가 묻습니다.

"아빠, 진보주의자가 뭐야?"

순간 멈칫했으나 최대한 아이의 눈높이에 맞춰 대답을 해줬습니다.

"응, 진보주의자는 지금 우리가 사는 세상을 바꾸려고 끊임없이 노력하는 사람이야. 반대로 보수주의자는 지금 현재 상황을 지키려고 애쓰는 사람이고."

"아~, 그럼 난 진보주의자야."

"왜? 세정이는 왜 네가 진보주의자라 생각해? 뭘 바꾸고 싶은데?"

"응…. 학교를 없애고 싶고…, 그럼 학교에 안 가도 되니까."

세정이는 상당히 왼쪽으로 가 있습니다. 무늬만 사회주의자인 아빠보다 더 솔직하고 대담합니다. 평소 자칭 좌파입네 하며 집에서 그렇게 떠벌려댔지만 학교를 없애겠다는 세정이의 말 한 마디에 꽝 뒤통수를 얻어맞았습니다. '당신은 뼈 속 깊이 자본주의자'라는 평소 아내의 말이 가슴에 쿵 내려앉았습니다. 어쩌면 저는 'B급 좌파' 김규항 씨가 틈만 나면 씹어대는 '바리사이' 중 하나일지도 모른다는 인식을 하게 됐습니다.

지금 우리사회에 자칭 타칭 진보진영에 있다는 지식인들의 대부분은 '무늬만 진보주의자'들이지요. 이들은 '사회개혁'이라는 그럴 듯한 포장지로 진보 흉내만 내는 'C급 우파'들입니다. 지금 우리사회의 구조적인 모순을 지적하고 그걸 깨뜨리려 하지 않는 건 보수주의의 틀을 더 견고하게 하고 그 안에 안주하려는 모습입니다. 이들이 외치는 개혁과 변화는 체제의 틀 속에서 우파들에게 보호받는 기득권 싸움에 불과합니다.

최근 헌법재판소는 지난 2008년 국방부가 '나쁜 사마리아 인들' 등 23권의 책에 대해 붙인 '불온서적' 딱지는 합헌이라는 결정을 내렸습니다. 더 웃긴 건 국방부가 이들 책을 불온 서적으로 지정한 1년 후 한나라당이 '나쁜 사마리아인들'의 저자 장하준 교수를 초청해 강연회를 열었다는 겁니다. 그것도 국회의원회관 대회의실에서. 이 자리에 참석한 임태희 당시 한나라당 정책위의장은 '이 책이 왜 국방부에서 금서로 지정했는지 알 수 없다'는 표현의 말을 하기도 했습니다.

이쯤 되면 진보세력과 개혁세력 못지않게 보수세력과 개혁세력의 구분도 모호해 지지요. 어쨌든 이번 헌재의 결정으로 3년 전 출판된 '나쁜 사마리아인들'은 11월 현재 다시 베스트셀러 도서목록에 오르는 영예를 얻었습니다. 국방부의 의도와는 달리 긁어 부스럼이 돼 버린 거지요. 인민들이 뭔가를 자꾸 알려고 하는 걸 지극히 경계하는 지배계급의 입장에서는 이번 헌재의 결정문이 약간은 부담스러운 창문이 돼 버렸습니다.

이제 인민들은 '도대체 나쁜 사마리아인들이 어떤 책이기에' 하는 호기심을 갖기 시작했습니다. 어떤 내용을 담고 있기에 '국군의 이념 및 사명을 해칠 우려가 있는 도서'이며 '이로 인해 정신 전력이 저하된다'고 판단했는지 궁금해 진 겁니다.

안 읽어보신 분이 계신다면 이번 기회에 권해드립니다. 아참, 만일 군인이시라면…, 자신이 좌표 어디에 점 찍혀 있는지를 먼저 확인해 보셔야 합니다.

2010년 12월호

누가 젊은 시나리오 작가를 죽였나

> 창피하지만, 며칠 째 아무 것도 못 먹어서 남는 밥이랑 김치가 있
>
> 으면 저희 집 문 좀 두들겨 주세요.

장래가 유망한 32세의 젊은 시나리오 작가가 숨지기 전 자신의 사글세 방 문 앞에 적어놓은 쪽지 글입니다. 최고 은 씨의 죽음을 놓고 영화계는 물론이고, 정치권에서도 여러 목소리가 나오고 있습니다. 스타시스템 위주로 돌아가는 영화계의 구조적인 문제를 이번 기회에 짚어 봐야 한다는 목소리가 크네요. 일부 인기 작가를 제외하고는 전업작가로 삶을 유지하기가 현실적으로 불가능하다는 거지요.

시나리오 작가 뿐 아니라 영화계에 젊음을 바치고 있는 예비감독들도 마찬가지라죠. 어떤 예비 연출가는 1년 수입이 200만원 남짓(한 달 수입이 아닙니다.)이라는 고백까지 하네요.

그런데, 이런 현상이 비단 영화판에만 있을까요? 그렇지 않습니다. '더 위너 테익스 잇 올(The winner takes it all=승자독식)' 구조는 신자유주의 세상으로 무섭게 질주하는 지금 대한민국의 현주소입니다. (돈, 혹은 권력을) 다 가진 자가 거기에 만족하지 않고, 덜 가진 자의 몫까지 빼앗으려는 현상이 곳곳에서 발견되고 있습니다. 비정규직 문제가 그렇고 대기업과 중소기업, 또 그 아래의 영세공장까지 얽혀있는 '갑을관계'가 그렇지요. 지난 2009년 한겨울에 있었던 용산철거민 참사는 신자유주의로 대표되는 자본주의의 끝이 어디인가를 적나라하게 보여주었지요.

최고은 씨의 죽음은 개인적인 문제가 아니라 사회와 국가 전체의 문제입니다. 한국사회의 안전망이 얼마나 허술한지 단적으로 보여준 사건입니다. 최고은 씨는 한국예술종합학교를 졸업하고, 국제영화제 단편영화부문 수상경력도 가진 고학력 우수인재였습니다. 그러나 최 씨같이 젊고 똑똑하고 유능한 사람도 삶을 위한 가장 기본적인 안전망의 보호 없이는 그저 눈을 감을 수밖에 없습니다. 이것이 지금 한국 사회의 현실입니다.

지금 정치권에서는 때 아닌 '복지논쟁'이 벌어지고 있습니다. 좀 더 자세히 들여다보면 '보편적 복지'냐 '선택적 복지'냐의 싸움 같은데요. '보편적 복지'는 10여 년 전 권영길 민주노동당 대통령 후보의 공약이었지요. 그때도 보수세력들은 민노당의 '무상교육 무상급식 무상의료' 공약이 '공산당 빨갱이들의 선동'이라고 난리법석을 떨었지요. 그런데 지금 대표적인 보수정당인 민주당이 그때 그 민노당의 공약으로 꽤 짭짤한 재미를 보고 있네요.

어쨌든, 지금 보편적 복지와 선택적 복지에 대한 논쟁은 초등학생들에게 전면 무상급식을 해야 하느냐 말아야 하느냐의 싸움으로 대표되고 있습니다. '선택적 복지'를 주장하는 쪽의 논리는 단순합니다. '이건희 씨의 손자에게까지 왜 우리 세금으로 밥을 먹이느냐'는 거지요. 일견 맞는 말 같지요? 나도 먹고 살기 빠듯한데, 내가 낸 세금으로 재벌의 아들 손자까지 공짜 밥을 먹여야하는 것 같으니 말입니다. 가진 자들 입장에서도 이 논리는 '얼씨구나'지요. 그들만의 학교에 다니고, 그들만의 밥을 먹고, 그들만을 위한 병원에 다니고 싶겠지요. 그들이 고교평준화와 공적 의료보험 체계를 무너뜨리려는 집요한 시도(여기에 자유시장경쟁 논리가 끼어듭니다)를 하는 것도 이 때문이지요.

그러나 그래야 합니다. 이건희 씨의 손자도 무상급식 무상교육 무상의료 서비스를 받아야 합니다. 그들의 자식이 (손자가) 남과 같은 밥을 먹고, 같은 학교에 다니고, 같은 병원에서 같은 감기약을 처방 받을 때 그들도 우리와 같은 곳을 보는 시선이 생깁니다. 학교시설 개선에, 반찬의 질에, 의료서비스의 향상을 위해 그들은 그들이 내는 세금이 제대로 쓰이는 지 관심을 가집니다. 그리고 기꺼이 그들 자식(손자)을 위해 보다 많은 세금을 낼 수 있습니다.

이것이 바로 보편적 복지로 가야 하는 이유입니다. 이 땅에서 가난이 죄가 되어 기어이 죽어야 하는 자식들이 더는 없어야 하기 때문입니다.

2011년 3월호

루이비통의 몽니

몽니란, '음흉하고 심술궂게 욕심을 부리는 성질'을 뜻하는 순우리말입니다. 1998년 김종필 당시 총리가 김대중 정부에게 내각제 개헌을 압박하기 위해 이 말을 쓰면서 꽤 알려졌지요.

몽니는 주로 힘 없는 사람이 자기보다 힘 센 사람에게 부리는 겁니다. 강한 자에게 정면으로 대들기에는 힘이 없고, 그렇다고 가만히 있기에는 부아가 치밀죠. 이때 힘 없는 사람이 강한 자에게 딴지를 거는 걸 몽니라고 합니다. 어린아이들이 엄마에게 떼를 쓰다가 뜻대로 되지 않을 때 자기 방 청소를 하지 않거나 밥을 먹지 않겠다고 말하는 것도 일종의 '몽니'입니다.

저는 지난 9월초, 멀리 프랑스에서 전해진 외신뉴스를 듣고 '몽니'라는 말이 생각났습니다. 우리에게는 '명품가방'으로 유명한 루이비통의 회장 베르나르 아르노가 갑자기 벨기에로 국적을 바꾸겠다고 했다는 외신 말입니다. 저는 루이비통의 정식명칭이 루이비통모에에네시(LVMH) 그룹이라는 것도 이날 알았습니다. 뒤이어 쏟아진 관련 외신에 따르면 아르노 회장은 프랑스 올랑드 정부가 추진하고 있는 강력한 '부자증세' 안에 반발하면서 이 같은 말을 했네요.

그럼, 올랑드 정부의 부자증세 안이 도대체 어떤 것이기에 아르노 회장이 이 같은 몽니를 부렸을까요. 프랑스 정부가 부자들의 소득세율을 대폭 올리려하기 때문입니다. 올랑드의 사회당 정부는 내년 예산안에 연소득 100만 유로(한국 돈 14억 3,000여 만원)가 넘는 부자들의 소득세율을 현행 45%에서 75%로 높이겠다고 했고, 이것이 아르노 회장의 몽니를 부른 겁니다.

재미있는 건, 아르노 회장의 이 말이 보도가 되자마자 프랑스에서는 비난여론이 들끓었다는 겁니다. 나라가 어려울 때 부자들이 모범을 보이기는커녕 오히려 '증세탈출'을 하려 한다는 거지요. 아르노 회장은 여론이 자신에게 불리하게 돌아가자 일단 슬그머니 꼬리를 내리기는 했습니다. 투자 목적이지 탈세를 하기 위해서 그런 게 아니랍니다.

부자세, 혹은 부유세 논란은 한국에서도 제법 익숙한 논쟁거리지요. '사회 양극화 해소'니 '경제민주화'니 하는 말이 나올 때마다 부자세 이야기가 나오니까요. 제 기억으로 부유세(혹은 부자세) 신설은 10여 년 전 민주노동당의 대선공약이었습니다. 당시만 해도 부유세 신설 운운에 대해 여야는 가릴 것 없이 '빨갱이 논리'라며 집중공격을 했지요. 그러나 지금은 '세월이 많이 좋아져서(?)' 올해 초 한국에도 소득세율 구간이 하나 더 늘었지요. 3억원 초과분에 한해 38%의 세율을 적용하는 게 그것입니다. 이마저도 프랑스의 45%에 비하면 아직 한참 멀었지요.

개인적인 의견입니다만, 저는 부자들에게 일률적으로 75%의 소득세율을 적용하려는 프랑스 올랑드 정부의 용기에 찬사를 보냅니다. 그리고 그 정부정책을 지지하는 프랑스 국민의 수준 높은 공동체의식이 부럽습니다.

이쯤에서 저는 이런 생각을 해 봤습니다. 만약 내년에 들어서는 한국의 새 정부가 소득세 구간을 신설해서 10억원 초과분에 대해 50%의 소득세율을 매긴다면? 삼성의 이건희 회장도 루이비통 아르노 회장과 같은 몽니를 부릴까요?

단언컨대, 아마도 그럴 일은 없을 겁니다. 지금 한국의 두 거대 보수주의 여당과 야당은 그런 생각이 눈곱만큼도 없을 겁니다.

2012년 10월호

죽은 시인의 사회

영화제목 맞습니다. 죽은 시인의 사회. 대학생 때로 기억
합니다. 신입생 때였을 겁니다. 학보사에서 수습딱지를 막
뗐을 때, 동기들과 우르르 극장으로 몰려가서 봤던 영화였
습니다. 그때 학보사로 시사회 티켓이 몇 장 들어왔고, 이
영화를 보고 아마 영화평 같은 걸 써야 했던 것 같습니다.

영화의 내용이야 제 나이 또래(80년대 말~90년대 초에 대학을 다
녔던) 독자라면 다 알 거고요, 어쨌든 이 영화는 당시 저에겐
꽤 충격적이었습니다. 대학입시를 위한 교육을 받아온(줄곧
그것만이 목적이었던) 우리 또래에게 이 영화가 주는 메시지는
어떤 '울림' 그 이상이었습니다.

영화에서 말하는 '시인'은 어떤 희망이나 막연한 이상이 아닌, '지금 있는 그대로의 우리 삶'을 뜻합니다. 미래(좋은 직장이나 대학입시 같은)를 위해 현재를 양보해서는 안 된다는 거지요. 영화에서 나오는 '카르페디엠'이라는 라틴어는 그 당시 고등학생들과 대학생들에게 유행어가 되다시피 했지요. '카르페디엠'을 말하며 우리는 우리 자신을 억누르고 있는 사회의 전통과 규율로부터의 해방을 외치곤 했지요.

오늘 다시 제가 '시인'이라는 단어에 주목하는 이유는 얼마 전 여기저기 입방아에 오르내렸던 김지하 씨 때문입니다. 어느 종편채널에 출연한 김지하 씨가 박근혜 씨를 지지하는 듯 한 말을 했고, 그것을 각 언론이 마치 무슨 특종인 양 떠들썩하게 보도했지요.

뭐, 지금이 대선정국이고 한국 국민이라면 누구나 지지후보를 말할 수 있습니다. 그건 유권자의 자유이기도 하고, 권리입니다. 다만, 다른 사람도 아닌 김지하 씨가 박근혜 씨를 지지한다는 게 뉴스거리가 된 모양입니다. 진중권 동양대 교수는 '삶의 일관성이라는 존재미학의 관점에서 볼 때, 기어이 말년을 지저분하게 장식하는 것 같아 안타깝군요'라며 비판했지요.

그러나 저는 이번 논란을 보고 좀 우습다는 생각이 들었습니다. 개인적인 생각이지만 김지하 씨가 시인이었던 적은 1970년 '오적'을 썼을 때, 딱 그때뿐이었습니다. 1991년 그가 조선일보에 쓴 '죽음의 굿판을 걷어치워라'라는 칼럼을 읽은 후 제 머릿속의 '시인 김지하'는, 그때 죽었습니다. 당시 대학생들이 몸을 던지거나 자신을 불사르며 민주주의를 외칠 때, 죽음의 배후 블랙리스트가 있다는 공안몰이를 충실하게 응원한 글이 바로 그 칼럼입니다. 최근 대법원이 당시 대표적인 공안몰이 사건이었던 강기훈 씨 유서대필 사건을 재심하기로 결정을 했지요. 저는 이 일에 대해 김지하 씨가 사과나 그 비슷한 말을 했다는 소식을 아직 듣지 못했습니다. 이런 정황으로 볼 때 진중권 씨의 비판은 옳지 않습니다. 김지하 씨는 초지일관 하는 삶을 살고 있는 거지요.

91년 김지하의 조선일보 칼럼과 3년 후 발표된 최영미의 '서른 잔치는 끝났다'는 그때 민주진보진영과 학생운동 세력에게 큰 상처를 입혔습니다. 김지하와 최영미는 둘 다 시인이었던 사람이죠.

시라는 게, 시인이라는 게 참……, 그렇습니다. 개인적으로 저는 시를 참 두려워하고, 시인을 참 존경합니다. 한국의 역사를 보면 시인들은 시로 그 시대의 불의와 폭력에 맞서 최전선에서 싸워왔습니다. 김수영이나 김남주 시인이 여전히 우리에게 존경을 받는 건 다 이유가 있습니다.

2012년 12월호

종과 주인

"어찌 왕후장상의 씨가 따로 있겠소? 때가 오면 우리도 누구나 할 수 있을 것이오. 왜 우리 노비들만 모진 채찍을 맞아가며 곤욕을 당해야 하오? 우리 모두 주인을 죽입시다. 노비 문서를 불사릅시다."

고려 무신정권의 근간을 뒤흔든 '만적의 난'의 주인공 만적이 개성의 여러 노비들을 모아놓고 한 말입니다. 만적은 최충헌의 사노비였지요. 무신정권의 살벌했던 시대에 나온 만적의 이 말은 신분제도 자체를 뒤엎는, 지금 들어봐도 꽤 충격적인 발언입니다. 기존의 사회질서를 혁명적으로 파괴

하고, 모두가 평등한 새 질서를 만들자는 각성의 목소리였지요. 만적의 난은 그러나 '내부 밀고자' 때문에 실패로 돌아갑니다. 그리고 그를 비롯한 수백명의 노비들이 처참한 죽음을 당했지요.

역사는 하루아침에 바뀌지 않습니다. 중세봉건시대에서 근대로 넘어오기까지 얼마나 많은 치열한 계급투쟁이 있었으며, 그 과정에서 또 얼마나 많은 민중들의 피가 필요했는지 우리는 잘 알고 있습니다. 지난 4월 총선과 12월 대선을 거치면서 한국 인민들도 이제는 정치의 중요성을 어느 정도 자각하고 있는 것 같습니다만 제가 볼 때는 그것만으로는 부족합니다. 중세 신분사회를 부정하고 국민 모두가 평등한 주권체라는 건 헌법 조항에서만 찾아볼 수 있는 '무늬만 평등한 사회'가 지금의 한국입니다. 하루 12시간 맞교대로 일하는 노동자들이, 휴일도 없이 가게문을 여는 자영업 사장님들이 갈수록 살기 어려워지는 현실. 빚으로 빚을 돌려막다가 결국 극단의 선택을 할 수밖에 없는 서민들. 세계 13위의 경제강국이자 OECD 회원국인 한국의 어두운 그늘에 살고 있는 우리는 과연 주인일까요, 종일까요?

얼마 전 베스트셀러가 된 책 중에서 〈아프니까 청춘이다〉라는 책이 있지요. 저는 이 책을 읽어보지 않았습니다. 물론 앞으로도 이딴 책은 읽을 생각이 없습니다. 청춘이니까 당연히 아파야 한다는 해괴한 논리가 그 책 안에 들어 있을 것 같아섭니다. 책도 읽어보지 않고 이러쿵저러쿵 말하긴 뭣하지만 제목만 놓고 말하자면 그렇습니다. 청춘이어서 아픈 게 아니라 '비정규직이라서' '이 땅 99% 노동자 중 한 사람이라서' 죽을 만큼 아프다는 사실을 이 책이 감추려 하는 것 같아서 그렇습니다. 어쩌면 〈아프니까 청춘이다〉는 이 땅의 청춘들에게 자발적 복종을 강요하고 있는 '악서 중의 악서'가 아닐까요?

'현실'에는 두 종류가 있습니다. 1 어쩔 수 없이 받아들여야 하는 것과 2 바꾸어야 할 것입니다. 지금 한국사회는 〈현실1〉을 지나치게 강요하고 있습니다. 이런 '강요받는 선택'이 결국 국가, 혹은 권력에 대한 개개인의 '자발적 복종'으로 귀결됩니다. 결국 우리는 우리가 노예인지 조차 모르면서 노예로 살아가는 셈이지요.

그럼 우리가 이 '자발적 복종' 상태를 벗어나려면 어떻게 해야 할까요?

홍세화 선생의 말씀을 여기 옮깁니다.

"주체(나)와 객체(상황) 사이의 긴장상태를 끊임없이 유지해야
합니다. 주체와 객체 사이의 끊임없는 긴장이 비록 무수한 실패
와 좌절로 점철 될지라도 '자발적 복종' 상태로 끌려가는 것보다
는 의미 있는 삶일 겁니다."

김남주 시인의 '종과 주인'이라는 시를 덧붙입니다.

낫 놓고 ㄱ 자도 모른다고
주인이 종을 깔보자
종이 주인의 목을 베어버리더라
바로 그 낫으로

2013년 1월호

MSG와 민주주의

최근 MSG 논란이 뜨겁습니다. 한 일간지 기자가 '한국만 독극물 취급' 하는 MSG라며 이 논쟁에 불을 지폈지요. 우리가 지금까지 화학조미료로 알고 있는 MSG가 사실은 우리 몸속에도 있는 천연재료라는 주장입니다. 따라서 당연히 인체에 무해하며 세계적으로도 미얀마(버마)를 제외한 그 어느 나라도 MSG 사용을 금지한 나라가 없다는 '사실'도 기사에 덧붙였습니다.

그런데 도대체 MSG가 뭘까요? 쉽게 설명하자면 '미원'입니다. 40대 이상 독자들이라면 조미료의 대명사가 '미원'이라는 건 잘 아실 겁니다. 저는 이번의 MSG 논란을 지켜보면서 나름대로 자료를 뒤져봤습니다. MSG는 글루타민산나트륨으로, 1907년 키쿠나에 이케다 일본 도쿄대 물리화학과 교수가 최초로 다시마에서 추출한 '감칠맛'을 내는 물질이네요. 재미있는 사실은 우리가 느끼는 5가지 맛에는 단맛 짠맛 쓴맛 신맛과 함께 이 '감칠맛'이 포함돼 있다는 겁니다. 일본말로 '우마미'라 불리는 감칠맛은 지금 학계의 정식 명칭으로 인정돼 있습니다. 솔직히 이때까지만 해도 저는 5가지 맛에 매운맛이 포함돼 있는 줄 알았습니다. ^^* 감칠맛이라니요? 게다가 그 감칠맛을 내는 주성분이 MSG라니요?

그런데 MSG가 무해하다는 쪽의 주장을 들어 보면 나름대로 일리가 있습니다. 사람 몸에 들어있는 아미노산 중 15%가 글루타민산이라는 MSG이고, 꼭 필요한 아미노산 중의 하나라는 겁니다. 우리가 화학조미료로 알고 있는 MSG 역시 다시마를 끓여 추출한 것이므로 '천연조미료'라는 겁니다. 게다가 소금섭취를 줄여야 하는 게 한국인 식습관의 과제라면 차라리 소금 대신 MSG를 넣는 게 더 낫다는 논리죠. 소금 섭취량을 줄여주면서 감칠맛을 더할 수 있어 1석2조라는 주장입니다.

저는 왜 갑자기 MSG 논란이 불거졌는지, 그 배경은 모르겠습니다. 다만 MSG가 무해함을 넘어 사람에게 꼭 필요한 것이라면 굳이 그 성분만을 뽑아 '조미료'로 만들어야 했을까에 주목합니다. 보다 값 싸게 많은 사람들에게 '감칠맛'을 공급할 수 있어서?

황송한 말씀이지만 동기가 그렇다 해도 저는 정중히 거절하고 싶습니다. 하루 권장 섭취량이 충분히 들어 있는 비타민C 알약만 먹으면서 사과나 귤, 풋고추를 포기하긴 싫기 때문입니다. 아무리 좋은 성분이라도 그것이 그 재료 속에 고스란히 녹아 있을 때 우리 몸에 좋은 게 아닐까요? 된장찌개를 끓이면서 멸치나 다시마 대신 '다시다'나 '미원'을 넣는다고는 상상하기 싫습니다. 그것이 맛은 더 감칠 날 지 몰라도 갖은 재료로 음식의 맛을 찾아가는 기쁨은 주지 못할 것이기 때문입니다.

민주주의도 마찬가지입니다. 민주주의는 사실 효율성과는 거리가 있는 제도지요. 그러나 정(正)과 반(反)의 치열한 논쟁이 있고, 그 속에서 서로 인내하고 존중하면서 합(合)을 찾아나가는 과정, 그런 지난한 과정이야 말로 민주주의이지요.

　이상 최근의 정치사회 분위기와 갑자기 불거진 MSG 논쟁이 겹치면서 잠깐 들었던, 저의 쓸데없는 잡생각이었습니다.

2013년 4월호

진주의료원

남해고속도로 진주나들목을 나가서 남강 물길을 오른쪽에 두고 합천 가는 길을 따라 올라가다보면 금산면 가는 길과 갈라지는 자리에 종합병원이 하나 있습니다. 진주의료원입니다. 홍준표 경상남도지사가 최근 폐업을 결정하면서 전국적 이슈로 떠오른 병원이지요. 홍준표 지사가 진주의료원 폐업을 결정한 이유는……, 장사가 안돼서라고 하네요. 남는 건 고사하고 밑지고 있다는 겁니다. 그러다가 공공의료를 포기하는 신자유주의식 발상이라는 여론이 일자 홍지사는 슬그머니 딴 소리를 꺼냈습니다. 이번엔 강성노조 때문에 병원이 제대로 돌아가지 않는다고 했네요.

저는 홍준표 지사가 무슨 생각으로 이 같은 결정을 한 건지 진짜 궁금합니다.

먼저 진주의료원의 적자운운은 적어도 도지사가 할 소리는 아닌 걸로 보입니다. 공공병원을 지방 재정 충당을 위한 장사수단으로 생각한 걸까요? 그렇다면 이건 철학의 문제 이전에 상식결여라고 봐야겠지요. 이윤논리로만 따진다면야 한국의 공공병원은 지금 전부 문을 닫아야 할 겁니다. 그래봐야 한국의 공공의료 병상이 차지하는 비중은 전체 병상의 10%밖에 되지 않습니다. 나머지 대부분의 병상은 민간 영리병원에 몰려 있지요. 이 수치는 꽤 심각한 겁니다. 공공병원이 전체 병상의 90%나 되는 유럽과는 비교 자체가 힘든 수준이고요, 공공의료 비중이 낮은 미국(24.9%)이나 일본(26.4%)과 비교해도 절반에 못 미치지요(경남일보 3월 13일 치 인용). 국가는 모든 국민이 의료서비스에서 차별을 받지 않아야 할 의무가 있다는 전제 하에서 볼 때 한국은 오히려 공공병원을 더 늘리고, 거기에 대한 예산을 대폭 증액해야 맞습니다.

보편적 복지라는 건 그런 겁니다. 돈 때문에 양질의 의료

서비스를 받지 못하는 사람이 없어야 하는 거지요. 국민의 세금으로 공공병원의 적자를 보전해 주는 건 그래서 당연한 겁니다. 물론 이 문제는 국민건강보험 체계와도 맞물려 있는 것이라서 공공의료 부문에 대한 인식과 체제에 대한 전반적인 개편이 필요한 일이기도 합니다.

먹고사는 것과 배우는 것(교육), 그리고 건강(보건의료)에 관한 문제는 기본적으로 공공성의 영역입니다. 이 영역을 시장논리로만 접근한다면 돈 없는 사람은 제대로 먹지도 배우지도 말고, 아프지도 말아야 하지요. 어쨌든 지금 문제가 되고 있는 진주의료원 사태는 홍준표 지사가 처음부터 잘 못건드린 것으로 보입니다.

나머지 하나. 홍준표 지사가 지적한 대로 진주의료원 노조가 정말로 노조이기주의에 사로잡힌 심각한 강성노조인지는, 저는 잘 모르겠습니다. 여기에 대해서는 대한의사협회 노환규 회장이 지난 4월 8일 한 라디오 인터뷰에서 이렇게 이야기를 했네요. 여러분이 판단해 보시기 바랍니다.

"(진주의료원은) 공공의료기관임에도 불구하고 지금 보건의료 인력들이 사실은 다른 민간의료기관에 비해서 저는 적정 수준이라고 생각합니다. (경상남)도에서는 많다고 평가를 하고 있고요. 저는 민간의료기관 같은 경우는 수익을 올려야 하기 때문에 지금 적정 보건의료 인력을 쓰지 못하고 있는 상황이고. 지금 보호자 없는 병원에 대한 시범사업도 여기(진주의료원에)서 했었고. 그래서 비교적 좀 적정 수준의 보건의료 인력을 운영하다 보니까. 인건비 비중이 상대적으로 좀 높아지지 않았는가 (판단합니다)."

2013년 5월호

'시민 사회'와 '인간적 사회'

　가끔 TV에 아주 불행한 사람과 그 가족들에 대한 이야기가 방영될 때가 있습니다. 치매를 앓는 할머니를 모시고 사는 10대 소녀가장이나 부모를 여의고 서로 의지하며 살아가는 초·중·고등학생 자매 이야기 같은 거 말입니다. 그리고는 화면 위에 어김없이 등장하는 자막이 있지요. ARS전화번호와 '한 통 2,000원'.

　저는 사실 이런 프로그램을 보고 있으면 짜증이 나다가 급기야 울화가 치밉니다. 심하게 표현하자면, 공영방송이 나서서 전 국민을 대상으로 '앵벌이'를 시키고 있다는 생각이 들기 때문입니다. 우리가 살아가고 있는 한국이라는 공동체가 과연 제대로 된 공동체인가 하는 깊은 회의감이 들기 때문입니다.

물론 한국사회의 보편적 복지의 틀은, 아주 더디긴 하지만 조금씩은 그 모양이 갖춰지고 있는 듯 보이긴 합니다. 초등학교 무상급식(아직 안 하고 있는 지자체도 있지만)이 정착되고 있고, 고등학교 의무교육 논의도 있으니까요.

그러나 제가 보기에는 아직 멀었습니다. '저 놈보다 내가 딱 하루만 더 사는' 게 유일한 소원이라고 말하는 장애인 손자를 둔 할머니가 단 한 사람이라도 있는 한 진정한 공동체는 요원한 일이지요.

누구나 예상했듯이 박근혜 정부의 복지공약은 출범한 지 채 1년도 되지 않아 너덜너덜해졌습니다. 뭐, 보수정권이니까. 쓴 입맛 한 번 다시고 그저 허탈해 할 수도 있습니다. 제가 보기에 더 큰 문제는 이른바 진보적 정당, 혹은 진보적 지식인이라는 '진보' 운운하는 사람들과 그 사람들이 속해 있는 집단의 '철학의 부재'입니다.

독일의 유명한 철학자 카를 마르크스는 그의 저서 〈포이어바흐에 관한 테제〉에서 이런 말을 했습니다.

'관조적 유물론, 즉 감성을 실천적 활동으로 이해하지 않는 유물론이 도달할 수 있는 가장 높은 지점은 시민 사회 속의 개개인의 관조이다. 낡은 유물론의 입장은 '시민 사회'이며, 새로운 유물론의 입장은 '인간적 사회' 또는 '사회적 인간'이다.'

마르크스는 우리가 자신이 속한 사회에 갇혀 인간(타인)과 사회를 그저 바라보기만(관조) 하는 것을 시민 사회라 칭하고, 이런 사회를 극복하기 위한 실천이 가능할 때 비로소 '인간적 사회'로 갈 수 있다고 했습니다.

국가정보원의 대선 여론조작 및 선거개입에 화가 난 시민들이 광장으로 몰려가 촛불을 밝히고 있습니다. 연일 계속되는 폭염 속에서도 촛불의 수는 점점 늘어나고 있습니다. 그러나 우리는 이들의 함성과 촛불을 듣거나 보기가 힘듭니다. 방송 3사와 보수신문들은 물론이고, 이른바 진보적 신문에서 조차도 '촛불 뉴스'를 찾아보기 어렵습니다. 한국의 언론은 '촛불'을 그저 쳐다보기만 하거나 애써 외면하고 있는 거지요. 교수들과 종교계, 그리고 일부 언론노조의 '시국선언'은 아직 그저 '선언'에 불과할 뿐입니다.

마르크스의 표현을 빌리자면 지금의 한국사회는 관조적 유물론으로 도달할 수 있는 최대치인 '시민 사회'에 조차 도달하지 못하고 있는 셈입니다.

※ 〈포이어바흐에 관한 테제〉 인용 부분은 책 '철학이 필요한 시간(강신주 저, 사계절)'에서 빌려왔습니다.

2013년 9월호

기본소득, 일자리 대신 소득을 나누자

태어나면서부터 죽을 때까지 내 통장에 매달 50만원씩 입금이 됩니다. 상상만으로도 든든하지 않나요? 기본소득, 그 개념은 간단합니다. 남녀노소 구분 없이, 일을 하고 있든지 그렇지 않든지, 심지어 일할 의사가 있든 없든 모든 개인에게 매달 일정액의 현금을 국가가 지급하는 겁니다.

한국에는 아직 생경해 보이는 이 기본소득은 사실 오랜 역사를 가지고 있고, 지금은 실제로 일부 나라에서 시행하고 있는 제도입니다. 심지어 자본주의 사회의 대표 격인 미국에서도 알래스카 주에서는 1982년부터 모든 주민들에게 기본소득을 주고 있습니다. 브라질에서는 지난 2004년 1월 시민기본소득관련 법안을 룰라 대통령이 서명하면서 그 효력을 갖게 됐습니다. 브라질에서는 아마 올해나 늦어도 내년까지는 이 법이 단계적으로 시행될 거랍니다. 스위스에서는 지난해 10월 기본소득에 관한 국민서명운동이 성공을 했고, 이제 국민투표를 앞두고 있습니다.

아직 미미한 움직임이긴 하지만 최근 한국에서도 기본소득에 대한 연구가 곳곳에서 진행되고 있습니다. 가장 대표적인 단체가 강남훈 한신대 교수가 대표로 있는 기본소득한국네트워크입니다. 이 단체는 기본소득제 도입을 위해 구체적인 시뮬레이션도 돌려봤습니다. 결론은 지금 한국의 경제수준으로도 개인당 연간 600만원 지급이 가능하다는 겁니다. 1인당 연간 600만원이면 매월 50만원이 내 통장에 꽂힌다는 뜻이죠. 아이 둘을 키우고 있는 4인 가구라면 월 200만원이 기본소득으로 들어옵니다.

그런데 언뜻 좌파들의 논리일 것 같은 이 기본소득제는 오히려 좌파들에게 비판을 받고 있습니다. 심지어는 대기업집단이나 자본가들이 찬성하는 경우도 있습니다.

기본소득을 반대하는 좌파의 대표적인 사람으로는 김태

현 민주노총 정책연구원장과 오건호 내가 만드는 복지국가 공동운영위원장입니다(한겨레21 1000호 표지이야기). 김태현 원장은 기본소득제가 기업들에게 임금삭감 빌미를 제공할 것이라고 우려합니다. 오건호 위원장은 그러나 제가 보기엔 기본소득을 반대한다기보다는 걱정하는 듯 보입니다. 보편복지로의 발걸음도 이리 무거운 판에 지금 기본소득을 논의하게 되면 가까스로 불을 지핀 보편복지 의제가 묻혀버릴 수 있다는 걱정으로 보입니다. 물론 기본소득 반대의 대표적인 논리는 따로 있습니다. '그렇게 되면 누가 일을 하려고 하겠느냐'는 반박이 대표적이지요. 그러나 이 논리는 기본소득에 관한 논의를 윤리적 문제로 간단하게 엎어버리려는 시도에 불과합니다.

기본소득은 윤리적 측면이 아니라 '사회 공공재에서 나오는 이익의 배당'이라는 측면에서 바라봐야 합니다. 예를 들어 사적으로 점유돼 있는 토지를 공공재 개념으로 바꾸어 생각할 수 있습니다. 토지는 물이나 공기 등과 함께 원래 공공재였지요. 토지의 사유화가 가능해진 자본주의 사회라 해도 그 토지를 이용해서 거둬들이는 수익은 온전히 한 개인의 몫일 수 없습니다. 여기서 나오는 이익의 분배는 곧 공공재의 시민 배당이라고 봐야합니다. 이 밖에도 금융소득세 등 각종 소득세와 소비세 역시 사회 구성원 개개인에게 돌아가야 하는 배당금이 돼야 합니다. 이 배당금은 국민으로서 당연히 받아야 할 권리입니다. 기본소득의 관점문제는 이렇게 간단히 재원 마련문제와 함께 동시에 해결할 수 있습니다.

지금의 신자유주의 사회는 더 이상의 성장을 기대하기 어렵고 일자리를 늘릴 수도 없습니다. 불안정한 노동은 계속 늘어날 겁니다. 보편적 복지만으로는 빈곤의 사각지대를 해결하는 데에 한계가 있습니다. 개인적인 생각이지만, 이번 지방선거에서 '기본소득'이 쟁점의제가 되었으면 합니다. 저는 기본소득을 실험해보겠다는 정당이나 후보자에게 제 한 표를 던집니다.

2014년 4월호

냄비 밖으로 당장 뛰쳐나가라

냄비에 개구리를 넣고 물을 부어 서서히 가열을 합니다. 천천히 물 온도가 올라갑니다. 개구리는 올라가는 물의 온도에 맞춰 몸을 적응해 갑니다. 물은 계속 뜨거워집니다. 그래도 개구리는 가만히 있습니다. 나중에 물이 펄펄 끓고 결국 개구리는 죽습니다.

이 이야기는 '비전상실증후군'을 설명할 때 단골로 등장하는 예화입니다. 건조한 일상의 타성에 젖어 목표를 상실한 채 살아가는 현대인을 빗대는 이야기이기도 합니다. 그러나 저는 이 이야기에서 개구리가 죽은 이유를 주목합니다. 냄비 속에 있던 개구리는 왜 죽었을까요? 물이 뜨거워져서?

아닙니다. 뛰쳐나가지 않고 가만히 있었기 때문입니다.

세월호 참사가 일어난 지 150일이 지났습니다. 300명이 넘는 사람들(대부분 안산 단원고 2학년생들)이 아무 이유 없이 바다 속에서 죽어간 이 끔찍한 참사는 아직 무엇 하나 실체적 진실이 밝혀진 게 없습니다. 유가족이 원하고 국민의 과반이 지지하는 '제대로 된 특별법'은 새누리당과 새정치민주연합의 핑퐁게임에 침몰하고 있습니다.

그럼에도 불구하고 특별법의 침몰을 막기 위한 시민들의 노력은 계속 이어지고 있습니다. 지난 추석연휴 직전인 9월 4일과 5일에 제가 살고 있는 고양시에서는 시민들이 자발적으로 참여해서 '제대로 된 특별법 제정'을 촉구하는 현수막을 시내 곳곳에 걸었습니다. 노동당 고양파주당원협의회에서도 비슷한 내용의 현수막 200여장을 거리에 걸었습니다.

현수막들은 그러나, 걸린 지 이틀이 채 지나지 않아 그 중 일부가 심각하게 훼손됐습니다. 예리한 칼에 줄이 끊기거나 난도질이 돼 있는가 하면, 심지어 방화로 추정되는 불탄 현수막도 보였습니다. '진실을 알고자 하는 양심'의 파도를 막으려는 청와대와 새누리당, 그리고 새민련 대리인들의 광

기어린 폭력이지요.

광화문 단식농성장에 떼로 몰려가 피자를 시켜먹거나 이른바 '폭식투쟁'을 하는, '일베'로 통칭되는 이들은 사실 세월호 참사의 진실을 요구하는 시민들에게는 큰 존재감이 없습니다. 제대로 된 특별법 제정을 위한 유가족들과 시민들의 싸움을 더 고단하게 만드는 건 '다중의 무관심'입니다. '4.16 특별법 못 만들면 다음 차례는 당신입니다'라는 제목으로 지난 8월22일에 올린 제 블로그(penandpower.blog.me) 글에 한 이웃 블로거께서 이런 댓글을 달았습니다.

'듣기 좋은 콧노래도 삼일이 지나면 싫증나고 부모가 죽어도 일주일이 지나면 일상으로 돌아옵니다. 먹고 살아야하지요. (…) 이제 국민은 싫어합니다. 그것이 현실이지요.'

단식농성장 옆에서 피자를 시켜먹거나 폭식투쟁을 하거나, 혹은 정당 현수막에 불을 지르는 것 따위는 우리에게 전혀 위협적이지 않습니다. 정말로 끔찍스러운 건 지금 냄비 속에 든 개구리가 바로 우리 자신이라는 걸 깨닫지 못하고 있다는 사실입니다.

'처음에 나치는 공산주의자를 죽이러 왔다. 나는 아무 말도 하지 않았다. 왜냐하면 난 공산주의자가 아니었으니까. 다음에 나치는 유태인을 죽이러 왔다. 나는 아무 말도 하지 않았다. 왜냐하면 난 유태인이 아니었으니까. 다음에 나치는 노동조합원을 죽이러 왔다. 나는 아무 말도 하지 않았다. 왜냐하면 난 노동조합원이 아니었으니까. 다음에 나치는 천주교인을 죽이러 왔다. 나는 아무 말도 하지 않았다. 왜냐하면 난 기독교인이었으니까. 마지막으로 나치는 나를 죽이러 왔다. 그때는 나를 위해 말해 줄 사람이 아무도 남아 있지 않았다.'

독일 루터교 목사 마르틴 니뮐레의 고백입니다.

2014년 10월호

사이버 망명

　모바일 메신저 프로그램 카카오톡, 많이들 쓰고 계시죠? 저도 개인적인 대화 뿐 아니라 웬만한 업무도 카카오톡 메신저를 이용하는 편입니다. 문자 뿐 아니라 제법 큰 용량의 사진파일도 전송과 공유가 가능하기 때문이지요.

　그러나 최근 들어 저도 다른 많은 사람들처럼 독일에 서버를 둔 모바일 메신저 프로그램인 텔레그램으로 사이버 망명을 하는 중입니다. 이미 지역에서 정치적 활동을 하는 사람들과의 단체 카톡방은 텔레그램으로 옮겼고, 앞으로 자주 연락하는 지인들이 하나 둘 망명을 하면 저는 카톡 프로그램을 삭제할까 합니다.

언론 보도로는 카카오톡에서 텔레그램으로 모바일 메신저 프로그램을 옮긴, 일명 사이버 망명자가 10월 초 현재 150만 명이 넘었다고 합니다. 이런 사이버 망명이 촉발된 계기는 잘 알려져 있듯, 대통령의 호통과 그에 충실하게 응답한 검찰의 즉각적인 반응입니다. 박근혜 대통령은 지난 9월 16일 '최근 대통령을 모독하는 발언이 수위를 넘어서고 있다'며 '대통령을 모독하는 건 국민을 모독하는 것이고, 국민을 모독하는 건 국가의 격을 떨어뜨리는 행위' 운운 한 게 사이버 망명의 시발점이 됐지요. (대통령 모독이 어떻게 국민모독으로 연결되며, 그게 또 어떻게 국가의 격과 연결이 되는지에 대해서는 사실 의아합니다. 논리적 비약도 아니고, 이 정도 수준이면 궤변이라고 봐야 할 겁니다.)

어쨌든 대통령의 호통에 검찰은 이틀 뒤 사이버 명예훼손 전담 수사팀을 꾸리고 주요 포털 사이트 관계자들을 불러 모아 대책회의까지 열었습니다. 이후 정진우 노동당 부대표의 카톡이 검찰의 압수수색을 당한 사실이 알려졌고, 정 부대표는 지난 10월 2일 기자회견을 열어 자신의 지인 3,000명의 개인정보가 모두 유출됐다고 주장합니다. 카카오톡에서 텔레그램으로의 사이버 망명자 수는 이때부터 불과 1주일 만에 150만 명에 달합니다.

언론을 통해 접하는 카카오톡 감청 범위는 실로 엄청납니다. 카카오톡 측이 '법적 절차에 따라 제공한 정보'의 내용을 한 번 볼까요?

카카오 측이 제공한 국가보안법 피의자의 대화록에는 단톡, 그러니까 단체대화뿐 아니라 1대 1로 나눈 사적인 대화 내용도 다 포함되어 있었다. 예를 들면 이런 것이다. "감동입니다. 혼자 보기는 너무 아깝네요. 눈물도 나고요. 볼륨을 키우시고 곡 끝까지 감상해보세요." 유튜브 영상이다. 여기에 당사자는 음악선물이라며 링크를 보낸다. 감청기록에 포함된 기록에는 이런 메시지도 있었다. [애니팡] 블록의 지배자 '김○○'님이 174353점을 기록하셨습니다.'　　　　　　　　　　　- 경향신문 10월 11일치 기사 인용.

이쯤 되면 저 뿐 아니라 저와 한 번이라도 카카오톡 대화를 나눈 지인들의 사생활까지 국가에서 관리한다는 거지요. 사실 카카오톡에서 텔레그램으로의 사이버 망명 붐

이 일던 초기만 해도 저는 '내 카카오톡 내용 뭐 볼 거 있다고…'식으로 생각하며 대수롭지 않게 여겼습니다. 그런데 곰곰이 다시 생각해 보니 허투루 볼 일이 아니더군요. 누군가가 나의 대화를 엿듣고(엿보고) 있다는 생각을 하자 소름이 오싹 돋았습니다. 굉장히 기분이 나빠지더군요.

　사실 저도 '대통령의 7시간'이 궁금합니다. 이제부터 텔레그램 메신저로 '대통령의 7시간'을 찾아봐야겠습니다.

2014년 11월호

'을'이 하는 '갑질'

지난 10월 7일 입주민들의 모욕적인 언사를 견디다 못해 분신한 서울 압구정동 신현대아파트 경비원 이만수 씨가 한 달 만인 지난 11월 7일 끝내 숨을 거두었습니다. 향년 53세 라네요. 그 나이의 가장이라면 자녀들에게 한창 돈이 들어 갈 때일 겁니다.

경비원 이 씨는 입주민들에게 도대체 어떤 인격모독을 받 았기에 스스로 목숨을 끊을 생각을 했을까요? 언론을 통해 들은 동료 경비원들의 증언은 '충격'이라는 표현만으로는 모 자랍니다. 반말과 폭언은 예삿일이고, 심지어 한 주민은 5 층에서 화단에 있는 경비원에게 떡을 던져준 일도 있었다고 하네요. 이쯤 되면 경비원이라는 계급은 이 아파트에서는 '노예'의 다른 말이란 생각이 듭니다. 모르긴 해도 자신이 키우는 강아지에게도 이런 식으로 먹을 것을 던져주지는 않을 겁니다. "주민 6430명이 다 사장"이라는 고 이만수 씨 동료 경비원의 말은 그래서 더 서글프게 들립니다.

제가 살고 있는 아파트에도 '경비원 아저씨'들이 계십니다. 각 동마다 마련된 1평 남짓한 경비초소에서 이분들은 하루 24시간 격일 2교대로 근무를 하십니다. 이분들의 주 업무는 아마도 '아파트 경비'일 겁니다. 그러나 실제로 하는 일은 훨씬 다양하지요. 주차관리는 물론이고, 재활용 쓰레기 분리수거와 택배를 맡아뒀다가 각 가정에 전달하는 일도 이분들의 몫입니다.

요즘은 쓸고 나서 돌아서면 다시 낙엽이 바닥에 깔리는 계절입니다. 경비원 아저씨들은 새벽에 쓸고, 오전에 쓸고, 점심때 쓸고, 오후에 또 씁니다. 저는 이분들의 비질을 보면서 '쓸어봐야 바로 또 쌓이는 걸 왜 저리 바리바리 쓰실까?' 생각도 해봤습니다. 이유가 있더군요. 관리사무소에서 그렇게 지시를 하고, 주민들 민원도 그렇다고 하네요.

우리 가족이 살고 있는 125동의 경비원 아저씨 두 분은 언제나 밝은 얼굴을 하고 있습니다. 두 분 다 예순은 족히 돼 (혹은 넘어) 보이는 연세임에도 누구에게나 먼저 인사를 건넵니다. 주말 시골에서 쌀이나 무거운 양파자루를 차에 싣고 오면 초소에 있던 경비 아저씨가 먼저 달려 나옵니다. "아저씨 괜찮아요. 제가 들고 갈 수 있어요"라고 말해도 기어이 6층 우리 집 현관까지 들어다 주시는 분들입니다.

저는 이번에 고 이만수 씨의 안타까운 소식을 접하고 나서 우리 아파트 경비원 아저씨들의 몸에 밴 친절이 어쩌면 그분들만의 생존방식이 아닐까 하는 생각이 들었습니다. 자칫 주민들 눈 밖에라도 나면 이런 고단한 일자리마저 없어질지 모른다는 불안함이 이들의 내면에 박혀있는 건 아닐까 하는 생각 말입니다. 용역의 용역에 의해 고용된, 불안정 노동자라는 지위가 어쩌면 이들을 '자발적 노예'로 만들고 있는 건지도 모릅니다.

지금 한국의 노동법은 아파트 경비원 같은 감시 단속직의 최저임금을 보장하고 있지 않습니다. 24시간 격일제 근무자 휴게시간 조정에 따른 최저임금 예시안은 아마 내년부터 적용되는 것으로 알고 있습니다. 아파트 경비원들은 그러나 최저임금이 적용되는 내년이 되기 전에 '잘리'지 않을까를 걱정합니다. 경비원들의 인건비는 아파트 관리비에서 나오고, 이들의 최저임금을 보장해주려면 입주자들이 내는 관리비가 올라가겠지요. 입주민 입장에서 관리비를 절약할 수 있는 가장 손쉬운 방법은 경비원이라는 비정규직 노동자들의 수를 줄이는 걸 겁니다. 결국 아파트 경비원들에게 '갑'의 숫자는 아파트 입주민의 수와 정확히 일치합니다.

지난 11월 13일은 44년 전 전태일 열사가 이 땅 노동자들의 열악한 노동현실을 고발하며 자신의 몸을 불사른 날입니다. 당시 노동자들의 '갑'이 자본이었다면 지금 노동자들의 '갑'은 누구일까요? 대부분의 우리는 노동자(을)일 겁니다. 우리는 지금 혹시 누군가에게 '갑질'을 하고 있지 않나요?

2014년 12월호

지록위마, 갑질가경

교수신문이라는 게 있습니다. 대학교수들이 모두 이 신문을 보는지는 모르겠습니다만, 어쨌든 교수신문은 매년 연말이면 '올해의 사자성어'를 발표해오고 있습니다. 전국 대학교수들에게 설문조사를 해서 선정하는 '올해의 사자성어'는 그 해의 나라 상황을 네 글자로 압축한 겁니다. 지난해(2013년)의 사자성어는 '도행역시(倒行逆施 = 도리에 어긋나는 줄 알면서 순리에 거스르는 행동)'였고, 2012년의 사자성어는 '거세개탁(擧世皆濁 = 온 세상이 모두 탁하다)'이었습니다.

절묘한 꼬집음과 촌철살인이긴 합니다. 그런데 너무 어렵습니다. '도행역시'나 '거세개탁'은 사실 저는 처음 들어 보는 말입니다. 그러나 교수신문이 항상 이렇게 어려운 사자성어만 내놓은 건 아닙니다. 찾아보니 '오리무중(2001)'도 있었고, '이합집산(2002)', '우왕좌왕(2003)' 같은 귀에 익은 말도 꽤 내놓았더군요.

그럼 교수신문이 2014년 말에 발표할 사자성어는 무엇일까요? 이 칼럼을 쓰고 있는 지금(2014년 12월 12일)은 아직 아무도 모릅니다. 그래서 저는 제 나름대로 올해의 사자성어를 한 번 생각해 봤습니다. 딱 떠오르는 말이 둘 있었습니다.

하나는 지록위마(指鹿爲馬)이고, 또 하나는 갑질가경(甲質佳境)입니다.

'지록위마'는 꽤 알려진 고사성어지요. 진나라의 시황제가 죽은 후 환관 조고가 위세를 떨치면서 2세 황제 호해를 농락할 때 등장한 말입니다. 환관 조고가 황제에게 사슴을 바치며 '이것은 말입니다'라고 했다는 거지요. 그런데 이미 조고의 위세에 눌린 백관대신들은 모두 사슴을 보고 말이라고 했답니다. 거기서 유래한 사자성어가 '지록위마'입니다.

그런데 '갑질가경'은…? 네, 맞습니다. 이런 사자성어는 없습니다. 점입가경(漸入佳境 = 갈수록 경치가 더해진다)에 힌트를 얻어 제가 살짝 비틀어 붙인 말입니다. '갑질'은 무슨 뜻인지 다들 아실 겁니다. 물론 신조어지요. 대기업의 갑질, 원청의 갑질, 하청의 갑질, 하다못해 아파트 경비원을 죽음으로 몰고 간 입주민의 갑질까지…. 지난 2014년은 갑질의 범람시대였습니다. 그리고 얼마 전 조현아 대한항공 전 부사장이 드디어 갑질의 '화룡정점'을 찍었지요.

전횡을 일삼던 중국 진나라의 환관 조고는 얼마 못가서 부하에게 죽임을 당하고, 진나라는 결국 반란의 불길 속에 망하고 맙니다. 지록위마의 최후가 어떤지는 이렇게 역사가 똑똑히 알려주고 있지요. 최고 권력자의 측근들(진돗개라는 '설'도 있습니다만)이 국정시스템을 농락하는 집권 3년차 박근혜 정부의 지금상황은 단언컨대 지록위마입니다. 그리고 동시대를 살아가는 우리의 앞길은 그야말로 갑질가경이지요.

사슴이 말이 되고, 갑질이 점점 그 화려함을 뽐내는 사회에서 우리는 지금 살아가고 있습니다. 이건 비단 2014년의 이야기가 아닐 겁니다. 사슴을 사슴이라고 말하지 못하고 갑의 횡포를 우리가 계속 모른척한다면 2015년에도, 그리고 먼 미래에도 지록위마와 갑질가경은 '올해의 사자성어'로 남을지 모릅니다.

2015년 1월호

인정투쟁과 오체투지

오체투지(五體投地). 불교신자가 불·법·승 삼보(三寶)께 올리는 큰 절을 말합니다. 자기 자신을 무한히 낮추면서 불·법·승 삼보에게 최대의 존경을 표하는 방법이지요. 양 무릎과 팔꿈치, 이마의 신체 다섯 부분이 땅에 닿기 때문에 오체투지라고 합니다.

지난 2008년, 저는 오체투지를 직접 본 적이 있습니다. 겨울, 아마 이맘 때였던 걸로 기억합니다. 평창 송어축제 취재를 갔다가 내친김에 오대산 상원사 구경을 갔습니다. 한참 절 길을 걸어 올라가고 있는데, 저 앞에서 남루한 차림의 한 남자가 세 걸음 걷고는 절을 하고, 다시 세 걸음 걷고는 절을 합니다. 거의 다 해진 누더기를 걸친 그 남자는 삼보일배를 오체투지로 하고 있었습니다.

그리고 6년의 세월이 흐른 지금 서울 한복판에서 다시 오체투지를 봅니다. 지난 1월 7일 시작된 '쌍용자동차 해고자 전원 복직! 정리해고 철폐를 위한 오체투지 행진'이 오늘(1월 12일) 새벽에 끝났습니다. 아니, 경찰들에게 막혔습니다. 거기에는 지난 12월 22일부터 26일까지 오체투지를 했던 기륭전자 노동자들과 콜트·콜텍 해고노동자들, 교육공무직 법 제정을 요구하며 국회 앞에서 50여일 째 농성 중인 학교 비정규직 노동자들도 있었습니다.

이들이 무엇 때문에 한겨울 아스팔트 바닥에 엎드려 절을 해야 하는지, 이들의 요구가 무엇인지…, 안타깝게도 대부분의 시민들은 잘 알지 못합니다. 주류 언론에서 이들의 싸움을 제대로 다룬 적이 없어서이지요.

그러나 이들의 아픈 가슴을 더 후벼 파는 건 시민들의 냉소일지 모릅니다. 어쩌다 단신으로 처리되는 기사에 달린 인터넷 댓글은 '과연 같은 인간으로서 할 수 있는 말일까' 싶을 정도로 무섭습니다.

'얼마나 돈이 많으면 몇 년간 일도 안 하고 저러냐?' '아직도 정신 못 차렸군, 그 짓 할 시간에 알바자리나 알아보지' 같은 댓글은 차라리 점잖은 편입니다. 비아냥과 냉소를 넘어 저주에 가까운 댓글들도 많이 눈에 띕니다.

우리사회가 어쩌다가 약자가 더 약한 자를 짓밟는 곳이 되었을까요. 우리는 과연 쌍용자동차 해고자들이나 콜트·콜텍 기륭전자 노동자들과 다른 세상에 있는 사람일까요? 언제부턴가 우리는 타인의 '인정투쟁'에 야박해지고 있습니다. 살기 팍팍해서라는 말로는 설명이 되지 않습니다.

불교에서 말하는 오체투지는 '중생이 빠지기 쉬운 교만을 떨쳐버리고 어리석음을 참회하는 예법'이라고 합니다. 이제는 저부터 오체투지를 할 일입니다. 최근 읽은 책에서 마음에 와 닿는 구절이 있어 여기에 옮겨 봅니다.

자기 존엄을 회복하기 위한 인정투쟁을 이해 못 하는 사람이라면, 개보다 낫다고 할 수 없다. 그들은 인정투쟁을 벌이는 시위대를 보고도 "아니 배부르고 등 따스하면 그만이지 인정이라니 웬 지랄들이래?"라고 말을 뱉어낼 주제들이다. 분명한 사실, 이 책은 사람 말을 할 줄 아는 개가 아니라 존엄을 추구하는 사람을 위해 쓰였다. 사람만이 이 책의 핵심적 메시지를 해독해낼 수 있다. 이 책은 말한다. 자기 존엄을 회복하기 위해 인정을 위한 투쟁을 벌이고 있는 당신은 도덕적이라고. 그래서 당신은 한없이 정당하다고.

〈세상물정의 사회학〉, 노명우 지음, 211-212쪽.

2015년 2월호

4.16···ing

검푸른 바닷가에 비가 내리면 어디가 하늘이고 어디가 물이요. 그

깊은 바다 속에 고요히 잠기면 무엇이 산 것이고 무엇이 죽었소.

후렴 : 눈앞에 떠오는 친구의 모습, 흩날리는 꽃잎 위에 어른거리

오. 저 멀리 들리는 친구의 음성, 달리는 기차 바퀴가 대답하려나.

눈앞에 보이는 수많은 모습들, 그 모두 진정이라 우겨 말하면 어

느 누구 하나가 홀로 일어나 아니라고 말할 사람 누가 있겠소.

후렴 : 눈앞에 떠오는 친구의 모습, 흩날리는 꽃잎 위에 어른거리

오. 저 멀리 들리는 친구의 음성, 달리는 기차 바퀴가 대답하려나.

김민기 씨의 노래 '친구'입니다.

이 칼럼을 쓰고 있는 지금은 4월 13일 새벽 3시 25분. 원래는 어제 일찌감치 원고마감을 끝내고 편히 이불 속에서 뻗어있어야 할 땝니다. 월간낚시21의 원고마감은 이렇게 〈물가에서〉가 언제나 지각입니다. 공식적으로 월간낚시21 5월호가 발간되는 날짜는 4월 15일입니다. 그리고 그 다음 날이 세월호 참사가 일어난 지 1주기가 되는 날입니다.

애초 세월호 관련 내용을 쓰자고 생각한 게 잘못인지도 모르겠습니다. 마음먹은 게 잘못인 거지요. 거기에 발목이 잡혀 1박2일을 모니터에 껌뻑거리는 커서만 바라보고 있었습니다. 미루고 미루다가 이제 더는 미루지 못하겠고, 다른 이야기를 하자니 이것 말고는 지금 써봐야 모두 가식입니다.

세월호 이야기는 제가 감히 쓸 수 있는 글이 아닙니다. 영문도 모른 채 250여명의 생때같은 자식들을 잃은 부모들의 마음을 헤아린다는 건 건방진 일입니다.

그럼에도 불구하고 지금 돌아가는 상황이 급박합니다. 지난 3월 27일 정부(해양수산부)가 입법 예고한 세월호 특별법 시행령(안) 대로라면 어렵사리 여야 합의로 만들어 놓은 세월호 참사 특별조사위원회는 허수아비가 됩니다. 조사를 받아야 할 피의자(해수부, 해경 등 정부 부처)가 조사를 하겠다고 나선 게 이 시행령 안이기 때문입니다. 심지어 정부는 희생자들에 대한 배·보상 금액까지 서둘러 발표했습니다. 정부는 그러면서 '원인규명과 선체 인양 먼저'라며 울부짖는 희생자 유가족들의 절규를 '돈 더 받아 내려는 수작' 쯤으로 여론몰이 하고 있습니다. 그러고도 여의치 않은 지 이른바 '성완종 게이트'가(를) 터졌습니다(터뜨렸습니다). 정부로서는 약간의 위험부담이 있지만 세월호 1주기 맞춤형 여론분산 아이템으로는 손색이 없습니다. 그리고 4월 16일, 세월호 참사 1주기에 맞춰 박근혜 대통령은 중남미 순방을 떠났습니다.

성완종 리스트 수사는, 역대 정권들이 늘 그래왔듯이 정권 중후반기의 통과의례입니다. 지금 우리가 집중할 것은 '세월호 참사의 제대로 된 진상규명과 안전사회 건설을 위한 종합대책 수립'이라는 세월호 특별법 원안의 충실한 이행 여부입니다.

이번이 어쩌면 불신과 불안에 휩싸인 한국사회를 치유할

수 있는 마지막 기회일지 모릅니다. 이 기회를 놓치면 똑 같
은 불행이 나에게도 일어날 수 있습니다.

2015년 5월호

4만 명의 장발장들

장발장, 아시죠? 프랑스 소설가 빅토르 위고가 1862년에
발표한 장편소설 〈레미제라블〉의 주인공말입니다. 한국에
서도 작년에 뮤지컬 영화로 상영됐고, 꽤 많은 관객이 들었
지요. 굶주리고 있는 조카들을 위해 빵 한 조각을 훔쳤다가
19년이나 감옥살이를 했던 소설의 주인공 장발장. 위고는
소설 〈레미제라블〉에서 당시 프랑스 사회의 어두운 면을 아
주 사실적으로 묘사했습니다.

그런데 한국에는 지금도 매년 4만 명 이상의 장발장들이
생겨나고 있다는 사실을 아시나요? 소설의 장발장은 빵 한
조각을 훔친 죄로 감옥에 갔지만 현실 한국의 장발장들은

돈이 없어서 감옥에 가고 있습니다. 가령 이런 겁니다. 한 청소년이 죄를 지었습니다. 재판에 넘겨졌고, 그 청소년은 법원으로부터 70만원의 벌금형을 받았습니다. 벌금이 70만원이니 아주 무거운 죄는 아니겠지요. 문제는 이 청소년의 형편입니다. 소년(혹은 소녀)가장인 이 청소년은 매달 이런저런 아르바이트를 하면서 연로한 할머니와 10살 13살짜리 동생 둘을 돌보고 있습니다. 이 청소년에게 70만원은 결코 적은 돈이 아니지요. 70만원은 이 청소년 가족의 한 달 생활비보다 많습니다. 결국 벌금 70만원을 내지 못하는 이 청소년은 감옥에 갑니다.

이런 걸 법정용어로 환형유치(換刑留置)라고 합니다. 벌금 액수 만큼 죄인을 감옥에 가둬 강제노역을 하게 하는 거지요. 죄를 지었으니 당연히 그 대가를 치러야 하지요. 당연합니다. 그러나 그 사람의 형편이 어떠냐에 따라 같은 죗값이라도 그 무게는 천지차이입니다.

'황제노역'이라는 말을 들어보셨을 겁니다. 작년 허주호 대주그룹 회장은 508억원의 벌금형을 받고 그게 내기 싫어(혹은 돈이 없어?) 일당 5억원짜리 노역을 택한 게 화제가 됐었죠.

한국의 환형유치제의 모순이 여기에 있습니다. 같은 죄라면 그 벌금은 부자도 70만원, 가난한 사람도 70만원입니다. 유전무죄 무전유죄라는 말이 여기서도 적용이 되는 거지요. 어떤 사람에게는 엄청난 고통이 따르는 수백만원의 벌금이 대기업 회장에게는 선처일 뿐이기 때문입니다. 한국 환형유치제의 불공평성이 여기에 있습니다.

외국 사례를 한 번 볼까요? 지난 2012년 스페인에서 과속 운전을 하다 경찰의 단속에 걸린 유명 축구선수 미하엘 발락은 1만 유로(1,440만원)의 벌금을 받았습니다. 엄청난 액수이지요? 그러나 스페인 여론은 냉정했습니다. 많이 벌고 있으니 벌금도 많이 내는 게 당연하다는 거지요.

이런 제도를 일수(日數)벌금제라고 합니다. 스페인 뿐 아니라 독일 등 많은 유럽 국가들은 일수벌금제를 채택하고 있습니다. 특정 범죄에 대해 '벌금 70만원' 식으로 액수를 정하는 게 아니라 범죄의 정도에 따라 일수를 정하는 겁니다. 이를 테면 '벌금 20일' 하는 식입니다. 여기에는 범죄자의 소득에 따라 하루 벌금액이 정해집니다. 그러니 둘 이상이 같은 죄를 지어도 그 사람의 소득이 얼마나에 따라 서로 벌금의 액수가 다릅니다.

사실 이 환형유치제의 모순은 한국 법원도 잘 알고 있습니다. 법원은 이 제도가 모든 사람들에게 정의롭지 못하다는 것도 잘 알고 있습니다. 그러나 법원의 일수벌금제 도입 검토는 수년 째 말 뿐입니다. 잘 못 된 제도는 고쳐야 합니다. 단지 돈이 없어서 매년 4만명의 장발장이 감옥에 가야 하는 건 야만적이기 때문입니다. 국회에서도 이 문제가 논의되고 있긴 한 모양입니다만 더딥니다. 사실 국회의원들은 가난한 사람들에게 관심이 없을지 모릅니다.

그래서 제도가 바뀔 때까지 벌금으로 고통 받는 장발장들을 위해 지난 3월 생겨난 은행이 있습니다. 이름도 '장발장 은행'입니다. 시민들의 자발적인 성금으로 운영되며 한국의 장발장들에게 벌금을 빌려주는 은행입니다. 물론 이자는 없습니다. 문제는 기금이 바닥나면 이 장발장 은행은 문을 닫을 수밖에 없다는 현실입니다. 가난이 더 이상 죄가 되지 않는 나라를 만들기 위해 많은 시민들의 도움이 필요합니다.

2015년 7월호

노동

모두 한이고 눈물인데

광온(狂溫)에 청년이 사그라졌다

그 쇳물은 쓰지 마라

자동차를 만들지도 말 것이며

철근도 만들지 말 것이며

가로등도 만들지 말 것이며

못을 만들지도 말 것이며

바늘도 만들지 마라

모두 한이고 눈물인데 어떻게 쓰나?

그 쇳물 쓰지 말고

맘씨 좋은 조각가 불러

살았을 적 얼굴 흙으로 빚고

쇳물 부어 빗물에 식거든

정성으로 다듬어

정문 앞에 세워주게

가끔 엄마 찾아와

내 새끼 얼굴 한 번 만져보자. 하게

- 어느 네티즌의 추모시 '그 쇳물 쓰지 마라' 전문

지난 9월 7일 새벽. 내년에 결혼을 꿈꾸던 20대 청년이 쇳
물이 펄펄 끓는 용광로에 빠져 숨졌습니다. 아니 흔적도 없
이 사라졌습니다. 1600도. 상상조차 하기 힘든 온도입니다.
그러나 이 애끓는 뉴스는 한 연예인의 해외원정도박 혐의와
4억 명품녀 같은 흥밋거리 기사에 이내 묻혔습니다. 장관의

딸은 장관의 딸이라는 이유만으로 쉽게, 너무도 쉽게 5급 공무원 자리에 앉을 수 있는 나라. 부모의 '스펙'이 별 볼 일 없으면 제 한 몸뚱어리 쉬지 않고 움직여도 지독한 가난에서 결코 벗어날 수 없는 나라. '공정'과 '정의'의 원래 뜻마저 거대한 세습권력과 세습자본이라는 용광로가 집어 삼키는 것 같아 청년의 죽음이 더 가슴 먹먹합니다.

2010년 10월호

새해 결심

옛날 개구리나라 연못의 개구리들이 모여 하느님께 간청을 드렸습니다. "우리에게도 임금님을 보내주세요." 그러자 하느님은 개구리나라 연못에 나무토막 하나를 던져주었습니다. "첨벙" 요란한 소리를 내며 떨어진 나무토막에 개구리들은 처음에는 몹시 놀랐습니다. 그러다가 시간이 지나자 개구리들은 나무토막에 올라타기도 하고 장난을 칩니다. 그러고는 곧 싫증이 났지요. 끝내 개구리들은 이 나무토막이 싫어졌습니다.

"하느님, 이 나무토막 말고 다른 임금님을 보내주세요." 개구리들은 다시 하느님을 졸랐습니다. 그러자 이번에는 하느님이 황새 한 마리를 내려 보냅니다. 개구리들은 하얗고 쭉쭉 잘 빠진 황

새를 보고 크게 기뻐했습니다. 그러나 황새는 개구리나라 연못
에 있는 개구리들을 한 마리씩 한 마리씩 잡아먹기 시작합니다.
놀란 개구리들은 도망가거나 숨기에 바빴고, 그때부터 그들은
벌벌 떨면서 살아가야 했습니다.

이 이야기는 어릴 적 읽었던 이솝우화 중 하나입니다. 어
떤 교훈을 주려는 이야기인지는 다 아실 겁니다. 그런데, 결
국 이 우화에 나오는 개구리나라의 개구리들은 모두 황새에
게 잡아 먹혔을까요? 절대 그렇지 않았을 겁니다. 좀 더 이
야기를 진행해 볼까요.

개구리들 중에는 적극적으로 황새에게 아부하거나 빌붙
어서 ①영의정, 좌의정이 된 것들이 있을 겁니다. 그보다 시
류에 영합하지 못한 개구리들은 ②그 아래, 혹은 말단관직을
얻어 관내의 개구리들을 못 살게 구는 것들도 있었을 것이고
요. 그렇지 않고 이들에게 저항하면서 조직을 결성해 개구리
나라의 정권을 바꾸려는 ③야당 개구리들도 있었겠지요. 그
리고 연못 내부의 개혁을 외치면서 열심히 ④시민운동을 하
는 소위 '민주개혁'파 개구리들도 생겨났을 겁니다.

①②③④ 중 어떤 것이 가장 나쁜 개구리들일까요?

정답은 ④번 개구리들입니다. ③번 개구리들은 두 번째로 나쁜 집단입니다. 이들 두 개구리 집단이 바로 '바리사이(예수시대의 율법학자들)'들이기 때문입니다. 이들은 지배계급에 대드는 척 하지만 실은 지배계급의 적절한 보호를 받으며 그들의 기득권을 지키는 데 몰두합니다. 정부와 여당이 친수법을 포함한 새해 예산안을 날치기로 통과시키고, 저소득 가정 아이들의 방학 중 무상급식 예산을 전액 삭감한 건 나쁘지만 교수와 학생들은 본분을 지켜야 한다고 말하는 언론도 여기에 속합니다. 대형마트가 5,000원짜리 치킨을 팔면 소비자의 선택권이 커지고, 당장은 힘들어도 동네 치킨집들도 결국 경쟁력을 갖추게 될 거라고 떠들어 대는 경제학자들도 여기에 속합니다.

①②번 개구리들에게는 누구나 욕을 할 수 있습니다. 실제로 많은 개구리들이 그들을 욕하고 비난합니다. 그러나 ③번과 ④번, 그리고 그 야류 바리사이 개구리들이 더 나쁘다는 것을 인식하기는 참 힘듭니다.

①②번과 ③④번 개구리들은 서로 치고 박고 싸우면서

도 어떤 부분에서는 서로가 깊은 상처를 입을까봐 적당한 선에서 타협을 하거나 휴전도 합니다. 이들은 어느 한쪽이 완전히 세력을 잃어선 안 된다는 걸 잘 알기 때문입니다. 힘을 가진 쪽은 적당한 선에서 덜 가진 세력의 영역을 보호해 주고, 덜 가진 쪽은 그 기득권을 놓지 않기 위해 권력과 타협 합니다.

결국 힘 없고 빽 없고 가진 것 없는 민중의 개구리들이 할 수 있는 것은, 아니 해야 할 것은 두 눈 시퍼렇게 뜨고 깨어 있는 일입니다. 그리고 행동하는 겁니다.

다시 또 한 해가 밝아옵니다. 모두들 새해 결심 한두 가지 씩은 하시겠지요. 저의 소박한 새해 결심은 이마트 롯데마트 홈플러스 안 가기입니다. 담배 끊기보다는 쉽지 않을까요?

2011년 1월호

학습권과 생존권

며칠 전, 그러니까 1월 11일인가 12일인가…. 아마 그쯤이었을 겁니다. 저는 여느 때와 같이 오전 6시 반쯤 자유로를 달리고 있었습니다. 출근길이었지요. 라디오에서는 '손석희의 시선집중'이 방송되고 있었습니다. 1부 마지막 순서였던 걸로 기억이 됩니다. 홍익대 청소부 아주머니 한 분과의 인터뷰가 진행되고 있더군요. 그런데 그 아주머니, 말씀을 제대로 못하십니다. 현재 상황이 어떠냐? 지금 받고 있는 월급이 어느 정도이고, 식대는 얼마냐? 같은 손석희 교수의 물음에 그 아주머니는 조리 있게 말씀을 하지 못하고 계셨습니다. 띄엄띄엄 대충 알아들은 바로는 한 달 월급은 최저임금

수준이고, 한 달 식대는 7,000원이라네요. 한 끼, 혹은 하루 7,000원이 아니라 한 달 식대가 7,000원이랍니다. 아주머니는 그들끼리 폐지를 모아 판 돈으로 식사를 해결하고 있다는 말도 합니다.

저는 그 전에 홍익대학교 청소부 아주머니들이 농성 중이고, 최근 총학생회에서 '학업에 방해가 되니 농성을 풀고 나가달라'고 했다는 뉴스를 들은 적이 있었습니다. 아주머니들이 노조를 결성하고 임금인상을 요구하자 학교측에서 용역계약을 해지 한 직후 일어난 일이라지요. 그런 후 학교는 아주머니들 일당의 몇 배에 달하는 일용직 노동자들을 고용해서 청소를 맡기고 있다는 소식입니다.

비정규직 노동현장에서 흔히 볼 수 있는 모습이지요. 홍익대학교 청소부 아주머니들은 용역회사에 고용돼 있는 비정규직이고, 학교측은 용역회사와의 계약을 해지하는 간단한 방법으로 골칫거리를 해결하는 거지요.

비정규직 문제는 워낙 구조적인 것이라 여기서 거론하진 않겠습니다. 다만 학교측과 맞서서 최소한의 생존권을 보장 받고자 하는 아주머니들을 매몰차게 몰아내려는 총학생회의 입장은 과연 무엇인가 하는 의문이 듭니다. 홍익대 총학생회는 '학생들의 학업에 방해가 된다'는 논리를 내세웠습니다. 그리고 '외부 세력의 개입은 안 된다'는 주장도 합니다. 이들이 말하는 외부세력은 '민주노총'을 가리킵니다. 그러나 하루 밥값 300원에 최저임금을 받고 일하는 이 아주머니들에게 정당한 생존권 주장을 어떻게 펼쳐야 하느냐의 방법론은 그들만의 힘으로는 풀 수 없는 숙제가 아닐까요?

작년 봄 쯤이었나요? 일명 '경희대 패륜녀'가 인터넷에 회자됐던 적이 있었습니다. 한 여대생이 화장실에서 청소부 아주머니에게 폭언을 퍼부었던 일이 누리꾼들의 공분을 불러일으켰지요.

그 여학생은 한 아주머니에게 개인적인 폭력을 행사했다면, 홍익대 총학생회가 한 이번 행동은 약자에 대한 '집단폭행'이라고 밖에는 달리 보이지 않습니다.

2011년 2월호

3차 희망버스를 기다리며

2차 희망버스를 탔습니다. 한진중공업 영도조선소 85호 크레인에 올라가 185일째를 맞은 김진숙 씨를 만나러 갔습니다. 우리가 탄 버스는 예상 시각보다 약간 늦은 오후 7시 반 쯤 부산역에 도착했습니다. 3호선 버터플라이와 노찾사 공연이 끝나고 밤 10시가 약간 넘은 시각. 우리는 움직였습니다. 김진숙 씨가 185일째 올라가 있는 한진중공업 영도조선소를 향해. 비가 억수같이 퍼부었습니다. 장대로 변한 빗줄기는 영도다리로 향하는 내내 쏟아졌습니다. 우리 1만여 명은 부산역에서 영도다리까지 40여분. 거기서 또 그만큼 걸어 조선소 앞 700미터.

그러나 거기까지였습니다. 경찰의 차벽에 가로막혔습니다. 애초에 우리는 '들어가지는 않겠다' 했는데, 경찰은 '들어갈 수도 있을 것'이라며 막아섰습니다. '평화적인 행진이니 비켜라' 했는데, 경찰은 '불법집회이므로 해산하라' 했습니다. 허나 여기서 주저앉아 있을 수는 없었습니다. 겨우 700미터를 남겨두고 돌아갈 수는 없었습니다. 거기서는 김진숙 씨가 있는 타워크레인이 보이지 않았기 때문입니다. 주위의 높은 건물에 막혀 안 보였기 때문입니다. 우리는 경찰 차벽 앞에 디딤돌을 쌓기 시작했습니다. 벽으로 막겠다면 넘어서라도 가려 했습니다.

새벽 2시 반. "쏴~아악~!" 차벽 위에서 물줄기가 날아와 우리에게 꽂힙니다. 물대포. 우리는 약간 물러났다가 다시 차벽 앞으로 전진합니다. "촤악~ 촤아악~!" 이번에는 물대포 두 대가 물기둥을 뿜어댑니다. 차벽 바로 아래 있던 사람은 차벽 위에서 조준 사격하는 경찰의 최루액을 얼굴에 맞고 나뒹굽니다.

"타다닥. 다닥~!" 차벽 양쪽 방패문이 열리자 수백 명의 전투경찰들이 우리들에게 뛰어들었습니다. 비무장 상태의 우리가 곤봉과 방패를 든 경찰에게 할 수 있는 것이라고는 뒤로 돌아 뛰어가는 것 뿐. 그렇게 300미터 우리는 뒤로 물러설 수밖에 없었습니다. 이제 김진숙 씨가 있는 곳에서 1킬로미터 밖. 더 멀어졌습니다. 그 사이 우리들 중 50여명이 질질 끌리거나 사지가 번쩍 들려 차벽 안으로 사라졌습니다.

2차 희망버스를 탔던 우리는 이렇게 단 한 번 경찰의 공격에 속절없이 무너졌습니다. 1만 여 명이 불과 수백 명의 전경들에게 힘 한 번 써보지 못하고 썰물처럼 밀려나 버렸습니다. 그리고 차벽과 우리 사이 300미터는 진공상태가 됐습니다.

비폭력 평화시위였기 때문입니다. 조직된 시위대가 아니었기 때문입니다. 이날 내가 탔던 희망버스(고양1호)는 부산으로 향하는 동안 서로 자기소개를 했습니다. 혼자 탄 사람이 많았고, 중학생 아들과 함께 버스에 오른 사람도 있었습니다. 이들은 모두 스스로 자기 돈을 내고, 누가 시키지도 않았는데 비 퍼붓는 부산으로 향한 겁니다. 조직됐을 리 만무하고, 무장했을 리 없는 평범한 시민들입니다. 이런 우리를 경찰은, 이 나라 정부는, 무차별 물폭탄을 쏘고, 최루액을 얼굴에 분사하고, 곤봉을 휘두르고, 방패로 찍었습니다. 저들이 사는 세상의 바깥으로 우리를 내몰았습니다.

2차 희망버스를 탔던 우리는 1차 희망버스 때 그랬던 것처럼 그저 김진숙 씨의 얼굴 한 번 보려는 마음뿐이었습니다. 멀리서나마 손 한 번 흔들어 주고 질펀하게 한판 노는, 그렇게 김진숙 씨를 응원하려던 것. 딱 거기까지만 생각했습니다. 지금 생각해보면 참 순진한 사람들이었습니다. 하긴 지난 광우병 촛불집회 때 유모차에도 물폭탄을 퍼붓던 이명박 정부였는데….

이 정부는 2차 희망버스를 가만히 놔두면 3차 4차 희망버스가 올 거라 생각했을 겁니다. 그러니 이참에 싹을 자르자 생각한 건지도 모릅니다. 그러나 2008년 촛불집회 때 물폭탄이 등장하면서 더 많은 시민들이 모이고 조직됐습니다. 혹시, 그때는 직접 입으로 들어가는 거라 민감한 문제였기 때문이고, 지금은 그저 한 사업장의 노사문제니 곧 잠잠해질 거라 생각하는 걸까요?

정말 그런 거라면 머리 나쁜 이명박 정부는 다시 한 번 오판을 하는 겁니다. 1차 때와 마찬가지로 2차 희망버스 역시 우리가 스스로 만든 거라는 걸 정부는 간과하는 겁니다. 1, 2차 희망버스는 비록 '날라리'에 불과하지만 밟으면 밟을수록 그 '날라리'는 탄탄하게 조직되는 큰 물줄기의 부메랑이 된다는 걸, 정부는 깨달아야 합니다.

일터로 돌아온 나는 이날 배낭 안에서 물에 퉁퉁 불은 '소금꽃 나무'를 읽으며 3차 희망버스를 기다립니다.

2011년 8월호

누구를 위한 노동개혁?

여름은 더워야 제 맛이라지만 '없는 사람'들에게 대낮 폭염은 재앙입니다. 뜨거운 길바닥에서 손수레를 밀며 폐지를 줍는 노인의 팔목이 새카맣게 가늘어지는 건 여름 태양의 탓이 아닙니다. 며칠 전 우리 아파트단지 길에서 우연히 동네 치킨집 사장님과 피자집 사장님의 대화를 듣게 됐습니다.

"1, 2월까지만 해도 한 달에 2,000에서 2,500은 팔았는데, 지금은 잘해야 1,500도 안 돼. 거긴 어때?"

"가게 놀릴 수 없으니 문만 열어 놓고 있지 뭐…."

그 곁을 지나가면서 저는 머릿속으로 계산을 해 봤습니다. 한 달에 2,000만원이면 20% 남는다 치고…, 400만원이 치킨집 사장님의 지난 겨울 한 달 수입입니다. 그런데 지금은 매출이 반 토막 났으니 한 달 수입도 200만원으로 줄었을 겁니다. 3평 남짓한 이 배달전문 치킨집은 저도 가끔 이용합니다. 가게에 가 보면 사장님 부부가 일을 합니다. 어떨 때는 20대 초반으로 짐작되는 딸이 가게를 돕기도 합니다. 말하자면 온 가족이 이 작은 치킨집 하나에 밥줄을 걸고 있는 거죠.

치킨집 가정에서, 애들 학비와 기본생활비를 감안하면, 겨울 400만원 수입도 많은 편은 아닙니다. 그게 반 토막 났다는 건 그만큼 살기가 더 팍팍해졌다는 뜻이겠죠. 이건 비단 '동네 치킨집'으로 대표되는 '영세자영업자'들만의 얘기는 아닙니다. 이 땅의 모든 노동자, 특히 50% 이상을 차지하는 비정규직 노동자들 역시 같은 처지입니다. 소득은 늘지 않고(오히려 줄고) 공공요금을 비롯한 물가는 매년 무섭게 치솟습니다.

정부의 공식통계에서도 이 사실은 잘 나타나고 있습니다. 작년 한 해 동안 기업소득 상승률은 가계소득 상승률의 3배였습니다. 기업소득은 재작년, 그러니까 2013년의 113조에서 8.7%나 상승했습니다. 이에 반해 가계 순 처분가능소득은 2013년 735조에서 3.2% 오르는 데 그쳤습니다. 이 기간을 이명박 정권의 2008년으로 확대하면 기업의 실질 순 처분가능소득 상승률은 9.5% 증가한 반면에 가계는 2.9% 오르는 데 그쳤습니다. 여기서 순 처분가능소득이란 국민총소득(GNI)에서 세금과 사회보험료, 투자감가상각비용 등 고정비용을 뺀 것을 말합니다.

2014년 국민총소득은 가계가 4%, 기업은 3% 성장했습니다. 그런데 결과가 앞서 언급한 것처럼 뒤집힌 데에는 가계가 기업보다 상대적으로 더 많은 세금과 사회보험료를 부담하고 있다는 뜻입니다. 다시 말하면, 이 결과는 한국사회의 노동소득분배율이 지속적으로 하락하고 있다는 증거입니다.

박근혜 정부는 지금 소비를 늘려 경제를 활성화해야 한다고 말합니다. 그러면서 국민들의 여름휴가 국내여행을 적극 권유하고, '광복 70주년 기념 8.14 임시공휴일' 지정도 합니다. OECD 국가 중 최장 노동시간을 자랑(?)하는 나라에서 노동자들에게 쉼을 권하니 한편으론 반갑습니다, 만…. 월 소득 200만원짜리 치킨집 사장님이나 우리 같은 팍팍한 직장인들은 돈이 없어 못 놉니다.

정부와 새누리당은 여기에 한 술 더 떠서 '노동개혁'을 외칩니다. 노동시장을 유연화해서 청년 일자리를 늘리자는 게 그들의 논립니다. 노동시장의 유연화는 기업이 자신들 맘대로 노동자를 '짜를 수 있게'한다는 거지요. 지금도 파리 목숨 같은 비정규직 노동자가 전체 노동자의 절반을 차지하는데, 이걸 더 늘리겠다는 겁니다. 정부와 새누리당의 '노동개혁'은 대기업과 재벌기업의 배를 불리기 위한 것, 그 이상도 이하도 아닙니다.

안 그래도 푹푹 찌는 여름인데…, 이제 숨까지 턱턱 막히는 시절입니다.

※ 기업소득과 가계소득 상승률 통계는 노동당 고양파주당협 '기본소득 공부모임' 5월 토론에서 나온 이창문 부위원장의 〈기본소득 도입모델과 경제적 효과-강남훈〉 발제를 빌려왔습니다.

2015년 9월호

교육

카이스트와 에버랜드

 30~40대 독자들께서는 혹시 기억할지 모르겠습니다. 12년 전, 그러니까 1999년 초 서울방송(SBS) TV에 방송된 드라마 중에 '카이스트'라는 게 있었습니다. 캠퍼스 드라마 치고는 당시의 전형을 약간 비튼, 극의 진행이 꽤 참신했던 기억이 납니다. 청춘남녀들의 사랑과 우정을 바닥에 깔고 있긴 하지만 그보다는 그들의 치열한(?) 학업열정이 볼만 했지요. 김종환 카이스트 교수가 개발한 세계 최초의 로봇축구 등이 소재로 쓰였고, 전자전산학부생들의 꿈과 열정을 보랏빛으로 그려냈던 드라마였습니다. 이 때 등장했던 신인급 탤런트들 중에는 지금 스타급 연예인이 된 사람들이 꽤 많

지요.

그런데, 12년 전 드마마 속의 카이스트와 지금 우리 눈에 비치는 카이스트는 전혀 다른 모습이네요. 12년 전 좌절하지 않고 꿈을 향해 다시 일어서던 드라마 속의 학생들 중 올해만 벌써 네 명의 학생이 극단의 선택을 했습니다.

많은 언론과 여론은 학생들을 자살하게 만든 주범으로 징벌적 등록금제도로 대표되는 소위 서남표 식 학교개혁을 지목합니다. 전교생을 성적순으로 줄 세워 토끼몰이 하듯 하위 30% 학생들의 목을 돈(등록금)으로 죄어왔기 때문이지요. 진리를 찾아 듣고 싶은 강의를 선택하기보다는 그저 학점 잘 주는 강의를 찾고 있다는 한 학생의 대자보 절규가 이를 잘 대변합니다.

그런데, 한쪽에서는 이런 소리도 들립니다. '세금으로 장학금 받으며 대학 다니면서 그만한 경쟁은 감수해야 하는 것 아니냐' '경쟁사회란 원래 그렇다. 학생들 자살 이유가 경쟁에 뒤쳐져서라는 증거가 있느냐' '지극히 개인적인 일로 자살한 것일 수도 있는데, 그걸 왜 사회 탓으로 돌리냐' 등등.

수구세력들이 하는 이런 소리를 들을 때마다 부화가 치밀다가 이젠 슬프기까지 합니다. 적지 않은 시민들마저 은근히 이들의 논리에 고개를 끄덕이는 듯 해서 더 그렇습니다. 경쟁은 당연한 것이고, 거기서 이기는 자만이 살아남는다는 신자유주의의 마약이 어느새 우리 사회의 모세혈관까지 퍼져 있는 듯 해서 섬뜩합니다.

실제로 우리는 어느 한 사람이 링 위에서 피를 토하며 쓰러지는 것을 '서바이벌'이라는 이름으로 즐기는 세상에 살고 있습니다. 문화방송(MBC) TV의 연예오락 프로그램 '나는 가수다'가 방송 첫 회에 사회적 소동을 일으킨 것도 지금 우리의 모습과 너무도 닮아서가 아닐까요? 꼴찌를 하면 탈락한다는 그 가수들의 운명이 우리네 삶과 똑 같기 때문에 그랬던 거 아닐까요?

그러나 우리는 그 죽음의 링이 지금 우리가 살아가는 신자유주의 세상이라는 걸 잘 인식하지 못합니다. 지난 10여 년 간 그게 당연한 줄 알고 길들여져 왔기 때문이지요.

신자유주의 세상에서 '자유'란 '시장의 자유'를 말한다는 걸 우리는 빨리 깨달아야 합니다. 자유란 사람에게 있는 게 아니라 시장의 몫이고, 시장의 치열한 경쟁 속에 살아남기 위해 우리는 매일 누군가를 쓰러뜨려야 하는 무한경쟁의 링 위에 서 있다는 걸 알아야 합니다. 월화수목금요일을 헉헉 대며 살아내고, 주말 저녁 TV 앞에 앉습니다. 그리고 우리 는 우리의 대리전을 보며 '서바이벌'에 환호하고 있다는 걸 깨달아야 합니다.

며칠 전 초등학교 2학년인 제 딸(세정)이 학교에서 소풍을 다녀왔습니다.

"어디 갔었니? 재밌었어?"

"에버랜드. 응 되게 신났어. 너무 좋더라."

"…"

그 신나는 놀이터가 지금은 세정이에게 '드라마 카이스트' 겠지만 10년 후에는 서남표의 카이스트가 될 것 같아 그날 밤 저는 한참을 뒤척였습니다.

2011년 5월호

반값이 아니라 공짜라야

책 한 권 소개 할 게요. '미친 등록금의 나라'. 등록금넷과 참여연대가 기획하고 한국대학교육연구소 집필, 도서출판 개마고원이 지난 1월에 펴낸 책입니다. 제목만 봐도 어떤 내용인지 대충 짐작하실 겁니다. 그렇습니다. 지금 광화문에서 보름도 넘게 반값등록금 요구 촛불집회를 하고 있는 시민들을 충동질 한 책입니다.

사실 반값등록금은 지난 2006년 지방선거 때 한나라당이 내 놓은 선거공약 구호였지요. '매년 물가상승률 이상으로 치솟는 대학등록금으로 도시근로자 소비지출 중 교육비의 비중이 사상 최고치에 달한다'는 분석을 내놓으면서 등록금

반값 공약이 나온 겁니다. 시기적절했고, 올바른 진단이었으며, 정확한 대처방안이었습니다. 그리고 지난 5월, 같은 당의 원내대표가 '대학 등록금, 최소한 반값으로' 해야 한다는 말을 하면서 '반값 등록금' 논쟁이 본격적으로 점화되었습니다.

한나라당은 이 공약으로 2007년 대선까지 짭짤한 재미를 봤지요. 아마 그 당시 대학생이거나 대학생, 혹은 고등학생 자녀를 둔 유권자들이 꽤 많이 표를 몰아줬을 겁니다.

그런데 지금 한나라당은 자신들이 뱉은 이 말에 오히려 '앗 뜨거' 하는 반응을 보입니다.

'미친 등록금의 나라'에서는 한나라당의 이런 반응을 '문제의 핵심에 제대로 접근해 놓고도 정작 그것이 무엇인지 제대로 볼 수 있는 눈, 즉 철학이 없기 때문'이라는 진단서를 내놓았습니다. 한마디로 한나라당은 한국 고등교육의 본질을 바라보는 철학이 없다는 얘깁니다. 대학은 개인이 출세를 위해서 들어가는 곳이고, 따라서 등록금은 어디까지나 그 학생과 학부모가 책임져야 할 것이라는 관점에서 고등교육을 바라보기 때문에 그렇습니다.

'미친 등록금의 나라'는 유럽의 상당수 나라들이 바라보는 교육의 관점이 어떤 건지 소개합니다. '교육은 국가발전을 위한 인재를 기르고 이들의 능력을 최대한 발전시켜 조화로운 공동체 사회를 이루기 위한 것'이고 이러한 철학적 기조에서 이들 유럽 여러 나라들이 택한 것이 무상공교육 체제랍니다.

이런 철학적 기조는 '누구나 교육을 받을 수 있는 기회가 균등하게 보장되어야 한다'는 인식에서 출발합니다. 이 인식은 우리나라의 교육기본법에도 명시돼 있습니다.

> 모든 국민은 성별, 종교, 신념, 인종, 사회적 신분, 경제적 지위 또는 신체적 조건 등을 이유로 교육에서 차별을 받지 아니한다.
>
> - 교육기본법 제4조 1항

그러나 현실은 이렇지 못 하지요. 지금 1년에 1000만원을 쉽게 감당할 수 있는 집이 얼마나 될까요. 게다가 매년 오르고 있는 마당이라 해를 거듭할수록 대학은 '있는 집' 자식들만 들어가는 황금의 전당이 될 건 불 보듯 뻔합니다. 실제로

2010년 기준으로 초등학교 3학년생이 대학교에 진학할 10년 후에는 4년간 등록금이 최소 5600만원에 이른다는 계산이 나온답니다. 제 딸이 지금 초등학교 2학년입니다. 얘가 커서 대학에 들어가려 할지는 알 수 없으나 만약 간다면 저는 1년에 1400만원을 순전히 딸의 등록금으로 지출해야 합니다. 나머지 부대비용까지 합치면 대학생 딸에게 들어가는 비용은 1년에 족히 2000~2500만원이 넘을 겁니다.

'미친 등록금의 나라'는 ①고등교육재정교부금법을 입법화 하거나 ②4대강 예산을 교육예산으로 끌어오거나 ③부자감세를 철회하는 세 가지 방안 중 하나만 선택해도 지금 당장 반값 등록금이 가능하다고 말합니다.

저는 이왕 정치권에서 공론화가 된 '반값 등록금'이 국회에서 제대로 논의가 되기를 바랍니다. '소득수준 5분위' 어쩌고 하거나 '장학금을 더 늘여서' 어떻게 하겠다는 눈가림식 처방은 사양합니다. 기부금 입학제 어쩌고 하는 ×소리도 안 나왔으면 합니다.

이참에 제대로 된 반값 등록금이 실현 되고, 그 논의가 발전적으로 이어졌으면 합니다. 궁극적으로는 적어도 돈 때

문에 대학교육을 못 받는 학생이 없었으면 좋겠습니다. 무
상교육은 무상급식과 마찬가지로 국가를 통해 우리가 누려
야 할 최소한의 권리이기 때문입니다.

2011년 7월호

숙제노동

저에게는 이제 3월이면 초등학교 3학년이 되는 딸(세정)이 있습니다. 어릴 때부터(지금도 어리지만) 선행교육이란 걸 시켜 본 적 없는 우리 부부는 가끔 세정이에게 놀랄 때가 있습니다. 강요한 적 없는 영어공부를 하겠다며, 방과 후 영어교실을 다니겠다는 정도는 애교로 볼 수 있습니다. 그런데, '수학 잘 하는 아이, 수학 못 하는 아이' 같은 책을 스스로 사 읽는 걸 보고는 '이거 큰 일 났다' 싶었습니다. 누가 내 아이를 이렇게 만들었나 싶어 화도 났습니다.

세정이가 다른 과목보다 수학을 어려워하는 건 사실입니다. 남들은 초등학교 입학 전에 다 뗀다는 구구단도 이제 겨우 외울까 말까합니다. 그래도 그림 그리기와 받아쓰기 같은 건 꽤 자신 있어 합니다. 달리기나 뜀틀 넘기 같은 것도 좋아합니다.

작년 여름 쯤 어느 날, 나는 세정이의 수학교과서를 본 적이 있었습니다. 과연 9살짜리 애들에게 벌써 이런 걸 가르쳐야 하나 싶은 문제가 적지 않더군요. 세정이는 학교에서 그걸 배우고 집에 와서는 또 문제풀이 숙제를 해야 합니다.

우리 부부는 아직 한 번도 세정이의 숙제를 도와준 적이 없지만 그런 세정이를 보면서 곰곰이 생각해 봤습니다. 왜 초등학교 저학년 아이들에게 숙제가 필요할까? 나는 집에 돌아와서 회사 일을 한 적이 있었나? 그런 적이 아주 없진 않습니다. 다만 정해진 업무를 좀 더 빨리 마치고 내가 하고 싶은 걸 할 수 있는 시간을 더 많이 가지려던 거였지요.

저는 세정이에게 부과된 숙제에는 이 체제 안으로 빨리 아이들을 길들이려는 어른들의 폭력이 숨어있다는 결론을 내렸습니다. 숙제란 학교 밖에서까지 아이들에게 학습노동을 강요하는 억압의 도구인 거지요. 이쯤 되면 초등학교 아이들과 연대해서 숙제거부운동이라도 벌여야 하는데, 과연 그 연대가 이루어질까요? 쉽지 않겠지요. 아마 세정이를 제 편으로 끌어들이는 것부터 힘들 것 같습니다. 상황이 이러니 아이들 교육에 '올인'하고 있는 한국의 학부모들을 설득하기는 더 요원할지 모릅니다. 공교육 강화와 사교육 반대를 외치는 소위 진보적 지식인들조차 제 자식만큼은 외고에 보내려 안달하는 세상 아닙니까.

보편적 복지 주장을 빨갱이 논리라 몰아세우면서 토론조차 막았던 사회적 분위기가 있었지요. 불과 10여 년 전 일입니다. 그러나 지금은 어떻습니까. 당장이라도 스웨덴이나 노르웨이 같은 북유럽 복지모델을 가져와야 할 분위기입니다.

쉽진 않겠지만 저는 아이들의 숙제철폐운동이 우리나라에도 언젠가는 전개될 거라고 봅니다. 그럼, 지금 우리 어른들이 해야 할 일은 무엇일까요. 안 풀리는 숙제를 앞에 두고 끙끙대다 급기야 울먹이는 아이들의 숙제를 도와주는 겁니다. 그리고 이렇게 말 하는 거지요.

"세정아, 숙제 안(못) 해간다고 해서 지구가 멸망하지 않아. 이 숙제는 너의 행복한 삶과는 아무 상관이 없단다."

2012년 3월호

스마트폰과 시험

중 1, 중 2 과정 선행학습 / 대상 : 초등학교 4~6학년

서울 S대 수학과 출신 선생님 직접 지도

며칠 전 퇴근길, 아파트 1층에서 승강기를 기다리다가 문득 눈에 들어온 겁니다. 공고판에 붙어 있는 광고 전단 내용입니다. 초등학교 4~6학년을 대상으로 중학교 과정 선행학습을 해준다는 겁니다.

"4학년 되면 수학이 완전 어려워진대. 미리 배워놓지 않으면 못 따라 간다는데……."

저녁을 먹으면서 이제 곧 초등학교 4학년이 되는 큰 딸 세

정이에게 '너 수학 점수가 제일 나쁘지?' 하고 물었더니 돌아온 대답입니다. 사실 저는 지금까지 세정이의 시험점수에 관심을 가져 본 적이 없습니다. 초등학생들이 집단으로 시험을 봐야 한다는 것 자체를 인정하지 않았거든요. 그런데 세정이는 자신의 수학실력이 스스로 불안한 가 봅니다. 몇몇 같은 반 동무들은 실제로 선행학습을 하고 있어, 그의 불안감은 더한 모양입니다. 은근히 자신도 미리 과외 같은 걸 받고 싶어 하는 눈칩니다. 그러나 어림도 없습니다.

"그래도 수학시험 치면 절반 이상은 맞잖아. 그 정도면 됐어. 대신 너는 국어나 체육, 미술 같은 걸 잘하잖아."

저는 초등학생이 벌써부터 동무들과 경쟁을 해야 한다는 현실을 인정하기 싫습니다. 그러나 현실은 현실입니다. 아내도 가끔 그런 불안감을 저에게 슬쩍 비친 적이 있습니다.

"학부모 중에 중고등학생 과외 하는 분이 있는데, 그 분 말씀이 세정이에게도 수학 정도는 미리 가르치는 게 좋지 않겠냐고 그러시네."

저는 '수학점수가 세정이의 행복이랑 뭔 상관이 있을까?'라고 말해 줬습니다. 그렇게 말은 했지만 저도 속으로는 '상관이 있을 수 있겠다' 싶었습니다. 대학입학, 그것도 서울의 몇몇 대학입학 여부가 아이들 인생의 성공과 실패를 결정하는 것이 지금 한국의 현실이기 때문입니다. 80~90년대 민주화운동에 앞장섰고, 그 '훈장' 덕에 국회의원이 되고 장차관이 돼 있는, 이른바 486명망가들 역시 자신들의 자식을 조기유학 보내면서 하는 변명 또한 '어쩔 수 없는 현실' 운운이지요.

'대학 가려면, 그것도 좋은 대학에 들어가려면 지금 아이들의 행복쯤이냐 저당 잡힐 수밖에 없다.'

이것이 바로 지금 한국 초등학생 학부모들의 머릿속을 지배하는 악성 바이러스입니다. 그러나 결코 치료하지 못할 병은 아닙니다. 아이들이, 적어도 초등학생 때까지는 학업 성적이나 점수에 목매게 하지 말자는 외침과 그와 관련한 운동이 묵직하게 진행되고 있음은 희망적입니다. 여러분 중 혹시 이런 운동에 관심을 갖고 계신다면, 저는 놀이운동가 편해문 씨가 최근 쓴 책 〈아이들은 놀이가 밥이다〉를 권합니다. 제목이 약간 비문(非文) 같고, 책의 문장들도 매끄럽지는 않지만 그 내용만큼은 충분히 공감을 할 수 있는 것들로 꽉 차 있습니다. 편해문 씨는 이 책에서 '놀지 못하는 아이들이 서서히 죽어가고 있다'고 안타까워합니다. 아이들에게는 놀이가 곧 밥이기 때문입니다. 그는 또 핸드폰(특히 스마트폰)만큼은 절대 사주지 말라는 부탁을 이 책에서 하고 있습니다. 스마트폰이 아이들의 놀이를 빼앗아 간다는 거지요. 줄 세우기 식 시험 역시 아이들의 놀이를 빼앗아 가는 악마입니다. 스마트폰과 시험. 우리는 지금 이 둘을 모두 거부할 수 있는 용기가 필요합니다.

2013년 2월호

전교조 식별법

고등학교 2학년 때였던 걸로 기억합니다. 어느 날씨 좋은 초여름 쯤 국어시간. 이날 수업진도는 피천득의 '인연'이었습니다. 저는 이날의 국어수업을 25년이 지난 지금도 잊지 못하고 있습니다. 국어 선생님께서는 우리에게 책을 펴라 하시고는 '이상하게' 진도를 나가셨습니다.

"내가 오늘 이 수필의 문장 한 구절 한 구절 씩 조목조목 따지고 비판을 할 테니 다들 잘 들어봐라."

이렇게 시작된 이날의 국어수업은, 수필 '인연'이 얼마나 한심하고 웃기는 글인지 그야말로 신랄하게 '알게 된', 저에게는 일대 사건이었습니다.

누구나 잘 알다시피 이 수필은 피천득 선생이 1920년대 후반부터 해방 직후까지 '비교적 안전하고 평안한 일본'에서 딱 세 번 만난 한 일본 여자를 그린, 지극히 개인적인 일기이지요. 교과서에 실린 덕이었을까요. 이 '한심하고 웃기는' 글은 '수필의 모범답안' 쯤으로 지위가 격상해져서 지금도 잘 팔리고 있습니다.

수필 '인연'에는 지금 다시 봐도 닭살 돋는 단어가 많습니다. '아사꼬', '스위트 피이', '뾰족 지붕에 뾰족 창문', '버지니아 울프의 세월' 등등. 그런데 이런 따위 단어를 나열한 건, 같은 시대를 살아온 당시 조선민중들의 아픔이 작가에겐 '먼 나라 이야기'였다는 자기 고백이었을까요.

어쨌든 저는 그날 국어수업을 받으면서 왜 이런 '한심하고 웃기는' 글이 교과서에 버젓이 실려 있는지 궁금해 했던 기억이 있습니다. 물론 지금은 왜 이런 '한심하고 웃기는' 글이, 그 때 고등학교 교과서에 버젓이 실려 있었는지를 우리는 잘 압니다. 최근의 '교학사 한국사 교과서 사태'는 아직도 우리 교육정책과 철학적 수준이 20여년 전 그대로라는 걸 반증합니다.

국어선생님은 제가 고3이 됐을 때 해직됐습니다. 수필 '인연'을 배울 때 전교조 결성 움직임이 있었고, 그 다음해인 1989년 전교조가 출범하면서 국어선생님은 학교를 떠나야 했지요. 당시 어린 우리들은 교무실이 있는 건물 앞 시멘트 바닥에 주저앉아 '연좌농성'을 했습니다.

전교조는 그 후 10년만인 1999년 국민의정부 때 합법노조 지위를 얻었습니다. 참으로 지난한 투쟁의 결과였지요. 지금은 6만여 조합원이 참여하는 당당한 한국 교직원노동조합의 하나로 성장했지요.

그런데 전교조가 지금 다시 정부의 탄압을 받고 있네요. 지난 10월 24일 교육부가 전교조에게 법외노조 통보를 한 겁니다. 교육부는 그 이유로 해직교사를 조합원으로 인정하는 지금의 규약을 전교조가 개정하지 않았다는 겁니다. 그러나 전교조에 대한 정부의 이 같은 횡포는 국제노동기구(ILO)의 권고를 무시하고, 다른 노동조합과의 형평에도 맞지 않는 명백한 '탄압'입니다.

전교조는 이에 대해 교육부의 법외노조 통보가 부당하다며 법원에 효력정지 가처분을 신청했습니다. 곧이어 사회

각층과 시민단체들에서도 정부의 전교조 탄압을 규탄하는 움직임이 확산되고 있지요. 이렇게 되자 이번에는 검찰이 나서는 모양입니다. 검찰은 전교조가 지난 대선에 개입한 혐의가 있다면서 12월 12일 현재까지 사흘째 전교조 사무실을 압수수색 하고 있네요.

역사는 두 번 되풀이 된다고 했던가요? 한 번은 비극으로 또 한 번은 희극으로. 1989년 문교부는 다음과 같은 내용의 '전교조 교사 식별법'이라는 공문을 일선 교육청에 내려 보냈습니다.

촌지를 받지 않는 교사 / 형편이 어려운 학생들과 상담을 많이 하는 교사 / 반 학생들에게 자율성 창의성을 높이려 하는 교사 / 아이들한테 인기 많은 교사 / 자기자리 청소 잘 하는 교사

2014년 새해, 교육부의 공문이 궁금해지네요.

2014년 1월호

학원가기 싫은 날

지난 어린이날 전후로 세간을 떠들썩하게 했던 한 어린이의 시가 있었습니다. 이른바 '잔혹 동시'라는 말로 회자됐던 한 초등학교 3학년 어린이 시인의 '학원가기 싫은 날'이라는 시입니다.

학원에 가고 싶지 않을 땐 / 이렇게 // 엄마를 씹어 먹어 /

삶아 먹고 구워 먹어 / 눈깔을 파먹어 / 이빨을 다 뽑아 버려 /

머리채를 쥐어뜯어 / 살코기로 만들어 떠먹어 /

눈물을 흘리면 핥아 먹어 / 심장은 맨 마지막에 먹어 //

가장 고통스럽게

한 출판사에서 '학원가기 싫은 날'이 담긴 이 어린이의 시집 〈솔로 강아지〉를 발간했다가 여론의 뭇매에 곤욕을 치렀네요. 결국 출판사는 책을 전량 회수하고 시집을 폐기하기로 한 모양입니다. 여러분이 보시기엔 어떤가요? 이 시가 '잔혹'이니 '패륜'이니 하는 수식어가 붙을 만큼 나쁜 시인가요?

요즘도 그런 게 있는 모양입니다만, 제가 초등학교 다닐 때는 교내 백일장 같은 글쓰기 대회가 심심찮게 있었습니다. 거기서 상을 받는 친구들의 시에는 '동심의 눈으로' '어린이의 눈으로 잘 묘사한' '소녀(소년)답게' 같은 선평이 붙습니다. 그런데 이런 선평에서 말하는 동심의 눈이나 소녀(소년)답다는 건 어린이 자신의 선택이 아닌 어른의 강요에 따른 것일 가능성이 짙습니다. '어린이는 이래야 해, 그러니 동시도 이렇게 쓰는 거야.' 이른바 '동심천사주의'가 어린이들의 글쓰기 교육을 지배하는 거지요. 어린이의 마음(동심)은 본래 맑고 깨끗하고 순수하기 때문에 어린이가 쓰는 시도 그래야 한다는 논립니다.

저는 어린이의 마음이 맑고 깨끗하다는 데에는 동의를 합니다. 그러나 어린이가 쓰는 글도 그래야 한다는 데에는 동의하지 않습니다. 안타깝게도 지금 한국 어린이들의 현실이 그렇지 못합니다.

많은 선생님들에게 참교육자로 존경받는 이오덕 선생은 살아계실 때 이런 말을 했습니다. "어린이는 어른들보다 훨씬 충동적이며 현실적이기 때문에 순간마다 일어나는 생활 감동이 바로 시를 쓰는 처음 이미지가 된다."

이오덕 선생의 이 말은 같은 시대를 살았던 박목월의 동시관(童詩觀)과 첨예하게 대립합니다. 박목월 역시 어린이가 시를 쓸 때는 어른을 흉내 내서는 안 된다고 했지만 어른 작가들의 표현법을 익힐 필요가 있다고도 했습니다.

이오덕 선생은 "기교란 본디 언어에 절망한 시인들이 어쩔 수 없이 의지하는 표현의 방편"이라는 말로 박목월의 동시관을 신랄하게 비판합니다. '시에서 기교란 어쩔 수 없이 의지하는 시인들의 지팡이'이므로 어린이들에게는 이런 지팡이가 필요 없다는 거지요. 왜냐하면 어린이는 언어에 절망하는 일이 있을 수 없기 때문입니다. 이오덕 선생은 시인들은 시를 '만들'지만 어린이들은 생활에서 얻은 시를 그대로 '쓸' 뿐이라고 했습니다. 그래서 '어린이는 시인'이라고 합니다.

　이번 잔혹동시 논란은 어린이를 보는 한국 어른들의 눈높이가 얼마나 한심한지를 나타낸 '웃픈' 현상입니다. 어린이를 하나의 인격체로 보기 시작한 게 근대 이후라지요. 그 전까지는 중세 노예와 마찬가지로 어린이를 부모(어른)의 소유물이라고 생각했답니다. 잔혹동시 논란을 보면서 저는 표현의 자유보다 더 급한 건 어린이들의 주체성 인정투쟁일지도 모르겠다는 생각이 듭니다. 한국사회가 근대사회로 넘어가려면 말입니다.

※ 이오덕 선생 관련 문단은 이오덕 평전 〈이오덕, 아이들을 살려야 한다〉 (이주영 글, 보리 2011년 12월 1일 초판)에서 빌려왔습니다.

2015년 6월호

낚시

역설의 낚시경제학

세계적인 경제불황 여파가 이제 우리 서민들의 피부에도 심각하게 와 닿고 있습니다. 지난해 터진 미국 발 서브프라임모기지 사태가 드디어 한국 경제에도 심각한 타격을 주고 있는 거지요. 완성차 업체 지엠대우가 12월에 최소 열흘 정도 휴업을 결정했다는 뉴스는 충격적입니다. 이 사태의 심각성은 수천 곳의 1~3차 지엠대우 하청업체들의 감산으로 이어진다는 데 있습니다. 공룡 한 마리가 넘어짐으로 인해 땅바닥에 있던 개와 고양의 허리가 부러지고, 그 아래 있던 개미들이 질식하는 꼴이지요.

엊그제 들은 한 공중파 프라임 시간대의 뉴스 앵커의 말이 상당히 귀에 거슬리더군요. 그 앵커의 말을 그대로 옮기기에는 제 기억력이 모자라지만 대충 이런 멘트였습니다.

'돌이켜 보면 우리나라에는 그동안 참 많은 위기가 있었다. 70년대 오일쇼크부터 10년 전 외환위기까지……. 그러나 그때마다 우리 국민은 이를 슬기롭게 극복해 왔다. 지금이 위기라고는 하지만 언제나처럼 슬기롭게 극복할 수 있다.'

뭐 대충 이런 내용이었지요. 저는 그 앵커의 마지막 멘트를 이렇게 반박하고 싶었습니다.

'길게 살아보진 않았지만 내 기억에는 단 한 번이라도 위기를 슬기롭게 극복한 적이 없었던 것 같다. 아이엠에프 사태를 극복한 것도 '허울 좋은 국민의 슬기'가 아니라 힘 없고 가진 것 없는 서민들이 짜낸 피와 땀이었지 않느냐'고 말입니다.

저는 2년 여 전 '물가에서'를 처음 쓰기 시작할 때, 절대로 정치색을 띠지 않겠다고 다짐했었습니다. 그런데 '인간은 정치적 동물'이라고 한 옛날 그리스 나라의 아리스토텔레스

할아버지의 말에서 저 역시 자유로울 수 없나봅니다. 지금 정부는 또 다시 '만만한 서민'들에게 '슬기로운 국민'의 안대를 씌우려 하는 듯 보이기 때문입니다.

돌이켜 보면 무척 다사다난했던 한 해가 저물어가고 있습니다. 그런데 안타깝게도 새해 살림살이가 나아질 거라는 전망은 그 어디에도 없습니다. 지금의 총체적인 경제위기가 내년에는 더 심해질 거라는 암울한 전망뿐입니다.

불황이 깊어질수록 낚시꾼의 수는 오히려 늘어난다고 하지요. 실제로 10년 전 아이엠에프 사태 때 낚시터는 꾼들로 북적거렸다는 통계가 있습니다. 결코 반길 수 없는 통계입니다.

2008년 12월호

아버지의 의미

10년 전 아이엠에프 때 어느 은행장의 운전사로 일하던 한 50대 가장이 일감을 잃었습니다. 그는 겨우 다른 직업을 구했지만 월급은 예전 은행장 운전사 때의 반도 되지 않았다지요.

10년이 지난 지금, 한 자동차 부품 업체에서 일하던 또 다른 50대 가장이 구조조정 됐습니다. 오늘 그는 당장 1,000만 원이 넘는 딸의 대학등록금 걱정이 앞섭니다.

우리 아버지들의 어깨가 축 쳐져 있습니다. 10년 전 그때로 돌아간 듯 합니다. 그러자 갑자기 최근 들어 무능한 가장으로 전락해 버린 우리 아버지들의 존재감이 더 돋보이나 봅니다. 국내 굴지의 재벌그룹 건설회사의 티브이 시에프 카피는 그런 우리들의 감성을 묘하게 자극합니다.

'바쁜 사람들도 / 굳센 사람들도 / 바람과 같던 사람들도 / 집에 돌아오면 아버지가 된다'

김현승 시인의 시 '아버지의 마음'의 첫 부분이지요. 이 시를 좀 더 읽어 내려가 보면 중간 쯤에 절절하게 와 닿는 구절이 있습니다.

'아버지의 눈에는 눈물이 보이지 않으나 / 아버지가 마시는 술에는 항상 / 보이지 않는 눈물이 절반이다'

힘든 시기에 아버지의 존재감이 더 커지는 건 아이러니하게도 아버지가 작아지고 있기 때문일 겁니다. 한 조구 업체 대표는 사석에서 '남자가 당당하게 낚시하러 갈 수 있을 때가 좋을 때'라는 말을 하더군요.

여러분, 힘들고 지친 아버지의 손에 낚시가방을 들려주세요. 아버지의 처진 어깨가 약간은 더 올라가지 않을까요. 이 땅의 아버지들에게는 가족의 응원이 가장 큰 힘입니다.

2009년 1월호

마중물

제가 아주 어릴 때 외할머니 댁 마당에 물 펌프가 하나 있었습니다. 외숙모님은 이 펌프로 지하수를 퍼 올려 빨래를 했고, 어린 저는 그 펌프질이 신기하기만 했던 기억이 있습니다. 아참, 그 때는 펌프에서 콸콸 쏟아지던 물을 그냥 입 대고 벌컥벌컥 마시기도 했지요.

그런데 어느 날 그 펌프가 마술을 부리더군요. 어린 제 눈에 분명히 그건 마술이었습니다. 펌프 구멍 안이 바싹 말라 제가 아무리 펌프질을 해도 물이 나오지 않았지요. 이 때 외삼촌이 펌프마술을 부린 겁니다. 외삼촌은 고무다라에서 물 한 바가지를 퍼더니 펌프 대가리 안으로 그 물을 붓더군요. 그런 후 외삼촌이 몇 번 펌프질을 하니 이내 거짓말처럼 펌프 주둥이로 물이 콸콸 쏟아지더군요.

이 때, 즉 펌프 안이 메말라 아무리 마른 펌프질을 해도 지하수가 올라오지 않을 때, 펌프 대가리 안으로 부어주는 한 바가지의 물을 '마중물'이라고 한다는 걸 저는 어른이 되어서야 알았습니다.

마중물. 무척 정겨운 말이지요. 어쩌면 낚시업계가 지금 필요한 게 바로 마중물 아닐까요. 어려울 때일수록 한걸음 더 나아가려는 자세 말입니다. 한국 낚시산업, 아니 전 세계 경제가 불황의 터널로 들어가고 있다는 건 누구나 알고 있는 사실입니다. 문제는 '여기서 우리는 어떤 태도를 취할까'를 판단하는 거겠지요.

어두운 터널 속에서 빛이 보이지 않는다고 마냥 웅크리고만 있으면 누가 와서 손을 잡아 끌어줄까요? 아마 그런 일은 하늘이 두 쪽 나도 일어나지 않을 겁니다. 내가 직접 터널 속을 헤쳐나가야 합니다. '위기가 곧 기회'라는 격언도 이럴 때 꺼내놓아야 빛을 발합니다.

펌프 속이 말라있을수록 마중물을 아끼지 않는 지혜. 그

걸 실천하는 조구업체, 어디 없나요?

마중물이 얼마나 필요하냐고요? 단 한 바가지면 충분합니
다.

2009년 2월호

Catch & Release

"회와 매운탕을 마음껏 즐길 수 있어서 낚시를 한다."

한국국제낚시박람회 사무국이 지난 2월, 바다낚시꾼 210명에게 '낚시를 하는 이유'를 물었더니 가장 많이(73명, 35%) 돌아온 답변이었습니다. 이 설문조사 결과대로 라면 우리 바다낚시꾼 세 명 중 한 명은 '먹기 위해' 낚시를 하고 있는 겁니다. 표본수가 크지 않아서 이 조사 결과를 액면 그대로 받아들이지는 못한다 해도 크게 부정할 사람은 아마 없을 것 같네요.

같은 물음을 붕어낚시꾼들에게 했으면 어떤 결과가 나왔을까요?

7년 전 제가 막 신참기자 티를 벗을 때 월간낚시21의 전신이었던 붕어낚시21에서 이 비슷한 설문조사를 한 적이 있었습니다. 그때 설문조사에 응한 붕어낚시꾼들(3,887명) 중 '먹기 위해서'라고 답한 비율은 10% 정도였습니다. 붕어가 민물고기라는 점을 감안하면 작지 않은 수치였지요. 요리 방법으로는 매운탕이나 찜을 꼽은 사람이 가장 많았지만 중탕이나 '회'라고 한 답변도 눈에 띄었던 기억이 납니다.

지금 다시 붕어낚시꾼들에게 똑같은 질문을 던진다면 결과가 어떻게 나올까요? 모르긴 해도 7년 전이나 별반 다를게 없을 거란 게 제 개인적인 생각입니다. 붕어, 특히 토종붕어는 이상하게도 한국 사람들에게 '음식' 이상의 의미가 있지요. '약이 된다'는 인식이 그것이지요. 토종붕어가 봄을 보한다는 말은 동의보감이나 향약집성방 등에도 나와 있기 때문에 전혀 근거가 없다고는 할 수 없겠네요. 그러나 그건 어디까지나 의약이 발달하지 않았고, 서민들이 쉽게 구해 먹을 단백질이 흔치 않았던 때의 이야기가 아닐까요? 지금 우리가 낚아내는 붕어가 사는 물이 예전 그 물보다 깨끗할까요?

지금은 붕어가 아니라도 먹을 게 넘쳐나는 세상이지요. 게다가 각종 오염물질에 완전히 노출돼 있는 붕어는 이제 우리의 몸을 해칠 수도 있다는 걸 알아야 합니다. 실제로 최근 민물고기를 먹고 건강을 잃는 사람들이 많다는 건 잘 알려진 사실입니다.

붕어낚시를 할 수 있는 자원이 자꾸 줄어들고 있습니다. 물론 그 이유가 전적으로 붕어낚시꾼들에게 있는 건 아닙니다. 불법 어로행위나 각종 산업폐수 생활폐수가 더 큰 원인이겠지요. 하지만 이유야 어찌되었건 결국 답답한 건 우리 붕어낚시꾼들이 될 겁니다.

이제 낚시는 더 이상 식용의 수단이 아니지요. 배스낚시는 이미 스포츠피싱으로 정착이 되었고, 떡붕어낚시 꾼들도 이젠 그저 손맛을 즐길 뿐입니다. 토종붕어낚시를 즐기는 꾼들이 한 번쯤 짚어봐야 할 대목입니다.

바야흐로 꽃피는 계절입니다. 토종붕어꾼들은 연중 최고의 씨알 마릿수 찬스를 맞고 있습니다. 캐치 앤 릴리즈. 실천 한 번 해 보시죠. 다음 세대의 낚시가 더 풍성해 집니다.

2009년 4월호

환불, 혹은 자존심

"오늘 내 노래가 마음에 들지 않네요. 이런 노래를 여기까지 오신 분들께 들려드리는 건 미안한 일입니다. 입장료를 받아서는 안 될 것 같아요."

가수 이소라 씨가 얼마 전 서강대학교 메리홀에서 '소극장 콘서트=두 번째 봄'을 공연한 후 한 말입니다. 이소라 씨는 이날 자신의 공연을 보러 온 관객들이 '괜찮다' '훌륭한 공연이었다'라고 만류를 했음에도 불구하고 입장료 환불에 대한 고집을 꺾지 않았지요. 이소라 씨의 소속사는 이 씨의 의사를 존중하고 그의 자존심을 세워주는 차원에서 400여석에 달하는 티켓 판매액 2,000여 만 원을 모두 돌려주기로 결정했다지요. 이를 두고 연예계에서는 공연 완벽주의자로 알려진 이소라 씨이기에 가능한 결단이라고 합니다.

알려진 바에 따르면 이소라 씨는 이에 대해 스스로의 '자존심'이 용납하지 않아 그랬다고 하네요. 이소라 씨의 자존심은 아마 '프로의식'의 다른 말일 겁니다. 도공이 아무도 흠잡지 않는 도자기를 제 손으로 부수는 '장인정신'과 일맥상통하지요.

요즘 본격시즌을 맞아 곳곳에서 거의 매 주말 낚시대회가 열리고 있습니다. 그런데 일부 낚시대회는 주최측의 무성의와 준비소홀이 도를 넘었다는군요. 그런데 주최측은 이를 항의하는 참가자들을 '소 닭 쳐다보듯' 해 문제를 키우고 있다지요. 심지어 미리 참가비를 냈다가 대회날짜 훨씬 전에 참가를 취소한 사람들에게 참가비의 전액은 물론이고 일부 환불조차 거부한 대회도 있어 말썽인 모양입니다.

이는 단체, 혹은 업체의 이름을 건 대회는 그 이름 자체가 '자존심'이라는 사실을 주최주관사가 깨닫지 못하기 때문입니다. 자사 브랜드를 키우고 스스로 자존심을 지키는 지름길은 '잘못을 당당하게 인정하는 일'이라는 걸 모르는 거지요. 하긴, 10여년 낚시기자 생활을 하는 동안 저 역시 우리 업체들의 자발적 리콜을 한 번도 본적이 없습니다. 물론 자발적 리콜은 자발적 환불과는 그 성격이 좀 다릅니다만.

그래서 지난 4월19일 송전지에서 열린 털보낚시 컵 아마추어 배스대회 때 본부석 옆에 부스를 차리고 자사제품을 무상수리 해 준 H사와 Y사에게 신선함을 느낍니다. 이 두 회사는 가수 이소라 씨가 관객들에게 준 건 입장료가 아니라 '브랜드'와 '프로정신'이라는 잘 아는 거지요.

2009년 6월호

낚시법

직업을 선택할 때 가장 고려해야 할 것이 뭘까요. 돈? 성취감? 능력?

가장 바람직한 건 하고 싶은 일을 하면서 성취감을 느끼고, 돈도 많이 버는 것이겠지요. 만약 낚시를 좋아하는 학생이 있다면, 그 학생은 이렇게 생각하기 쉽습니다. '좋아하는 낚시를 열심히 해서 각종 대회에 나가 우승하고, 전문 프로 낚시인이 되어서 낚시만 하고 살았으면…'

그런데, 여러분이 잘 아시다시피 한국에서는 '좋아하는 낚시 하나만 잘 해서 남부럽지 않은 삶을 누리기'란 토끼 머리에 뿔이 나는 것보다 어렵습니다. 적어도 아직은 그게 요원해 보입니다. 최근 들어 낚시 각 분야에서 꽤 많은 '스타 낚시인'과 '프로 낚시인'이 열심히 활동하고 있지만 몇몇 낚시점주를 제외하면 그 분들 중 떳떳한 대접을 받는 '전업낚시인'은 손가락으로 꼽기도 민망하지요.

왜 그럴까에 대한 분석은 다양합니다. 여러 이유가 있겠지만 저는 낚시에 대한 사회의 긍정적 공감대가 부족하기 때문이라고 생각입니다. 우리는 의식이 법률이나 제도를 만든다고 믿지만 사실은 제도나 법률이 의식을 지배하는 경우가 훨씬 많습니다. 가까운 예로 공공장소에서 담배를 피우지 말자는 계도 차원의 서울시 조례로 인해 서울의 모든 흡연자가 암묵적 죄인취급을 받는 거지요.

그런 점에서 낚시는 제도나 법률에 의해 사람들의 의식이 악의적으로 지배당하는 대표적인 '놀이'에 해당합니다. 갈수록 각 지방자치단체의 '낚시금지구역' 지정 건수와 범위가 늘고 있고, 이로 인해 모든 낚시꾼들이 암묵적 '죄인' 취급을 받는 거지요.

같은 '놀이'임에도 '바둑'이나 '컴퓨터 게임'이 법률로 장려되고 지원받는 것과 비교하면 우리 꾼들은 상당히 억울한

'죄인'인 셈입니다. 실제로 이-스포츠(e-sports, electronic sports)는 게임산업진흥에 관한 법률 제15조에 따라 문화체육관광부장관이 적극 지원육성을 하도록 규정되어 있습니다.

지난 7월 1일 농림수산식품부가 '낚시관리 및 육성에 관한 법(률)안'을 입법예고했습니다. 그런데 정부가 내놓은 이번 '낚시법(안)'은 아무리 긍정적으로 보려 해도 '육성'보다는 '규제'에 초점이 맞춰져 있는 것 같아 씁쓸합니다. 바둑처럼 낚시도 하나의 문화로 보고, 이-스포츠처럼 산업으로 육성하려는 정부의 안목은 없어 보입니다.

한국낚시진흥회가 정부안에 대해 지난 7월 21일 제출한 수정안은, 비록 미온적이긴 하지만 적절했다고 봅니다. 정부는 낚시관련 단체의 이 같은 바람을 적극 수용해야 합니다. 관리나 규제보다는 육성하고 지원함으로써 문화가 발전하고 산업이 살아나기 때문입니다. 이것은 지금 정부가 추진하고 있는 지속가능한 일자리 늘리기와도 맥을 같이합니다.

2009년 9월호

4대강 살리기는 '낚시 죽이기'

정부가 결국 국민의 절대다수가 반대하는 '4대강 살리기' 삽질을 시작했습니다. 한반도 대운하 사업이 '4대강 살리기 사업'으로 이름을 바꿔 단지 불과 1년만입니다. 게다가 4대강의 (중형 댐 수준의) 물막이 보 설치공사는 내년까지 끝낸다는 계획입니다. 그동안의 국민 반대여론을 생각해서 최소한의 눈치는 볼 줄 알았는데. 이명박 정부의 놀라운 추진력이 새삼 경이롭기까지 합니다.

행정부는 단군 이래 국가 최대의 '삽질'을 위한 최소한의 방어장치인 환경영향 평가를 단 네 달 만에 끝냈습니다. 환경과 수질 개선에서 모두 '10점 만점에 10점'이란 게 행정부

보고서의 결론입니다. 우리는 4대강을 깨끗하게 만들겠다는 정부의 이런 눈물겨운 고군분투에 박수를 보내야 할 겁니다.

그러나 저는 정부가 내놓은 환경영향평가 점수를 도저히 액면 그대로 받아들이기 힘드네요. 마치, 어떤 문제가 출제될지를 미리 알고 그 답만 달달 외운 학생의 답안지를 보는 것 같아서 그렇습니다. 결론을 미리 내려놓고 짜 맞춘 평가 보고서 같다는 말입니다.

고인 물은 썩는다는 건 상식입니다. 한강만 놓고 볼까요. 정부가 계획하는 3개의 보(이포보, 여주보, 강천보)가 들어서는 남한강으로 유입되는 두 개의 하천(양화천, 복하천)은 지금도 4~5등급 수질입니다. 농업용수로도 쓸 수 없는 물이지요. 이런 상태에서 하류 남한강의 물 흐름을 막아버리면 한강 상류까지 심각해 질 건 자명하겠지요.

더 큰 문제는 이로 인해 4대강 전역에 심각한 생태계 파괴가 염려된다는 겁니다. 정부는 주변에 야생동물이 살아갈 수 있는 자연 서식지를 만들어 이 문제를 해결할 수 있다고 합니다. 그러나 과연 그렇게 해서 자연생태계가 온전히 유지될까요? 제가 듣기에 정부의 야생동물 서식지 조성 운운은 '하천 옆에 작은 동물원 하나 만들면 될 것 아니냐'는 짜증 섞인 투정입니다. 이준구 서울대 경제학부 교수는 정부의 이런 안이한 인식에 대해 '동화에나 등장할 법한' 유치한 발상이라고 자신의 블로그에 밝혔더군요.

거창한 사업 이름 그대로 정부가 진정으로 한강을 비롯한 '4대강을 살리'겠다면 차라리 4대강으로 흘러드는 샛강에 눈 돌리기를 부탁하고 싶습니다. 우리의 4대 강으로 흘러드는 상류의 수많은 샛강에는 지금도 온갖 공업용 패수와 중금속 등이 흘러들고 있습니다. 우리 낚시꾼들의 놀이터 역시 이 샛강에 생명줄을 둔 저수지와 수로들이지요. 4대강의 물 흐름을 막으면 결국 샛강이 죽고, 샛강이 죽으면 거기에 젖줄을 대고 있는 자연생태계가 온전할 리 없습니다.

정부의 '4대강 살리기' 사업이 국가적 재앙이기 전에 '범 낚시 죽이기'가 될 거라는 불길한 예감이 드는 건, 저 혼자만의 생각일까요?

2009년 12월호

신(新)빙하기와 얼음낚시

'투모로우(원제 : The Day After Tomorrow)'라는 영화를 아십니까? 인류가 다시 빙하기를 맞는다는 그럴듯한 가설을 토대로 만든 2004년판 할리우드 재난영화입니다. 이 영화는 오랫동안 진행돼 오는 지구 온난화의 끝이 어디인지를 보여준다지요. 지구 온난화로 남극과 북극의 빙하가 녹고 바닷물 온도가 높아져 해류의 방향이 바뀌고, 결국 지구가 빙하로 덮이게 된다는 이야기입니다.

이 신(新)빙하기 이론은 최근에 나온 게 아닙니다. 70년대 초 미국에서 이미 한차례 불거졌던 논란이지요. 그런데 최근 다시 이 가설이 등장한 건 아무래도 지난해 말부터 한국,

아니 전 세계에 몰아닥친 이상한파(異常寒波) 때문일 겁니다. 올해 초 서울에 25cm나 쌓인 눈과 연일 기록을 갈아치우고 있는 최저기온도 이상한파 때문이라는 거지요.

그러나 정말 그럴까요? 우리가 지금 보고 듣는 것이 모두 진실일까요? 어쩌면 사실이게끔 우리를 호도하려는 음모이론은 아닐까요?

엉뚱한 소리 같이 들릴지 모르지만 저는 후자 쪽입니다. 지구 온난화 이론이란 것도 80년대 초 영국의 대처 수상이 탄광노동자들의 파업을 막고, 원자력 발전에 당위성을 부여하기 위해 만든 것이라지요. 학계는 아직 지구 온난화 이론을 검증하지 못하고 있는데, 티브이나 신문이 이걸 정설화한 것입니다.

한번 쯤 가만히 생각해 볼까요. 매년 눈이 많이 오거나 비가 많이 올 때, 혹은 춥거나 더울 때마다 우리는 '이상기온' 소리를 들어왔습니다. 그때마다 지구 온난화 이야기는 반드시 따라 나왔지요. 이를 막기 위해서는 당장 이산화탄소 배출을 줄여야 한다는 말도 신문방송을 통해 귀가 따갑도록 들어오고 있습니다. 미국을 위시한 소위 '선진국'들의 논리지요. 그러나 이 주장이 신흥 선진국으로 진입하려는 나라 (중국 인도 등)들의 추격을 어떡하든 막아보려는 '선진국들의 눈물겨운 몸짓'이란 걸 아는 사람들은 아직 그리 많지 않습니다. 우리가 매일 보고 듣는 '지구 온난화' 이론 속에는 보이지 않는, 아니 가려져 있는 진실이 숨어있는 거지요.

어쨌든 지금 신문방송이 호들갑을 떨고 있는 '이상한파' 덕(?)에 모처럼 얼음낚시 시즌이 일찍, 그리고 활짝 열렸습니다. 원고마감을 하고 있는 지금(1월 12일), 아침 티브이뉴스 앵커는 '오늘이 올해 들어 가장 추운 날'이라고 하네요. 영하 15도에 체감온도는 영하 25도가 넘는답니다.

올겨울이 유독 추운 이유가 신(新)빙하기를 마중 나온 100년만의 '이상한파' 때문이건, 지구 온난화 때문이건, 얼음판 위에서 만큼은 이런 골치 아픈 생각은 안 했으면 좋겠네요. 근 몇 년 만에 펼쳐진 든든한 얼음판입니다. 지금 조황도 상당히 괜찮고요.

그래도 지구 온난화가 걱정이 되신다고요? 그럼 이렇게 생각해 보세요.

'지금 지구는 스스로의 힘으로 건강한 몸을 만들기 위해

땀을 흘리고 있다. 마치 감기에 걸린 우리 몸 속 항체가 감기바이러스와 맹렬한 싸움을 하듯이.'

2010년 2월호

환경부담금

한국방송(KBS) TV가 매주 일요일 낮에 방송하는 프로그램 중에 '5천만의 아이디어'라는 게 있습니다. 일반 시민들이 생활 속에서 떠오르는 아이디어를 100명의 시민패널에게 찬반을 물어 찬성율이 80%(80명)가 넘으면 방송국에서 관계기관에 국가정책으로 제안한다는 게 이 프로그램의 주 내용입니다.

지난 4월 4일 일요일에 방송된 이 프로그램이 유독 제 눈길을 끌었습니다. '낚시용품에 환경개선부담금(환경부담금)을 부과하자'는 주장이 나왔기 때문입니다. 낚시용품에 환경부담금(혹은 제품부담금)을 물리자는 제안을 한 사람은 자신을 낚시동호인이라고 밝혔습니다. 이분의 뜻인 즉, 좋아하는 낚시를 좀 더 쾌적한 환경에서 하고 싶다는 것이고, 이를 위해 오염자 부담 원칙에 따라 환경부담금을 내자는 겁니다. 그리고 이렇게 거두어들이는 환경부담금 중 일부를 낚시산업 발전을 위해 환원하자는 게 요지입니다.

이 프로그램 제작을 위해 담담 피디가 방송 2주 전쯤 월간 낚시21 편집부를 찾아왔습니다. 그리고 제 인터뷰를 '따갔' 습니다. 인터뷰 내용은 이렇습니다. '이 제안에 대해 낚시전문 기자로서 어떤 견해를 가지고 있느냐'는 것과 '과연 이것이 정책화 될 수 있을까'를 묻는 거였습니다. 여기에 대한 제 답변은 여기서 재차 밝히지 않겠습니다. 궁금하신 분은 방송국 홈페이지에 들어가서 '다시보기' 하시기 바랍니다.

제가 이 프로그램을 보면서 놀란 건 이 공개방송에 초대된 시민패널들의 최종 여론이 찬성 쪽으로 상당히 기울었기 때문입니다. 무려 74명(74%)이 낚시용품에 환경부담금을 물리는 데 최종 찬성한 겁니다.

환경개선부담금과는 별개로 제품부담금이라는 것이 있습니다. 우리가 쓰는 제품이 폐기되는 과정에서 환경에 해를 끼치는 것에 대해 일정금액을 미리 제품가격에 붙이는 걸 말합니다. 제품부담금은 환경부담금과는 약간 성격이 달라서 별도의 법정비가 없어도 부과할 수 있는 돈입니다.

낚시용품에 환경부담금을 물리는 데 대한 법적 제도적 장치 마련은 차치하고라도, 저는 이 발상이 굉장히 행정편의적이라는 생각이 들더군요. 백번을 양보해서 낚시터 환경의 보존과 개선 측면에서 고려해볼만 한 아이디어라 하더라도 낚시용품에 환경(혹은 제품)부담금을 물리는 데는 좀 더 신중할 필요가 있습니다.

낚시용품에 부담금을 물리게 되면 제품 가격이 오를 것이고, 가뜩이나 기반이 약한 낚시산업이 받게 될 타격은 불을 보듯 뻔합니다. 그렇게 거둬들이는 돈 중 일부를 낚시산업의 발전을 위해 쓴다고 해도 그 돈을 누가 어떻게 관리하느냐와 같은 여러 문제가 따라옵니다. 무엇보다 환경부담금은 간접세 성격을 띠는 일종의 '준조세'라는 게 더 문제가 됩니다. 이런 준조세는 저항도 할 수 없을 만큼 이미 우리 실생활에 깊이 들어와 있습니다. 우리가 바르는 화장품이나 먹고 있는 과자의 봉지, 통조림 통 등에 이미 제품부담금이

가격에 포함돼 있지요. 심지어 우리가 아무 생각 없이 씹는 껌과 피우는 담배에도 제품부담금이 붙어 있습니다. 그런데 우리는 이런 제품들에 붙는 부담금이 어디에 어떻게 쓰이는 지는 잘 모릅니다.

과연 낚싯줄이나 떡밥, 케미컬라이트 등에 환경부담금을 물리면 지금보다 훨씬 낚시터가 깨끗해질까요? 그렇지 않을 겁니다. '낚시터 환경개선과 보존'이라는 문을 여는 열쇠는 낚시용품에 부과하는 세금이 아니라 우리 각자의 의식 속에 있기 때문입니다.

이날 낚시용품에 환경부담금을 물리자는 한 시민의 제안은, 다행스럽게도 아슬아슬한 표 차이(6표)로 채택이 되지는 않았습니다. 그러나 우리 낚시동호인들의 의식이 늘 깨어있지 않다면 어느 때 건 이 같은 '행정 편의주의적' 발상이 우리를 집어삼킬지도 모릅니다.

2010년 5월호

낚시의 계급화

　요즘도 계급, 혹은 계급사회가 존재하느냐는 물음은 보수우파들의 시비수단입니다. 어쩌면 지금 신자유주의체제에서의 계급문제는 이전보다 심했으면 심했지 덜하지는 않다는 생각입니다. 모두들 양극화가 심각하다는 말은 하면서도 그게 계급 격차라고 인식을 하지 못하고 있을 뿐이지요. '양극화'는 계급이라는 용어에 알레르기 반응을 보이는 우파들이 그 면역용으로 만든 말인데, 지금은 스스로 진보좌파라 여기는 일부 지식인들조차 계급이라는 말에 민감한 반응을 보입니다. 참 안타깝지요. 물론 이런 현상은 지금까지 집권해온 보수우파정권의 이데올로기 공작 결과 때문입니다.

지금 같은 디지털 시대에 노동의 형태가 변했는데, 왜 갑자기 계급문제를 들고 나오냐고 묻는 분도 계실 겁니다. 맞습니다. 노동의 형태도 변했고, 지금은 디지털 시대입니다. 그러나 분명한 건, 그렇다고 해서 계급이 사라지지는 않는다는 거지요. 계급은 그냥 현실이라는 말입니다. 사회현상을 논할 때 계급을 말하지 않는 건 현실을 말하지 않는 것과 같습니다.

제가 여기서 계급 문제를 꺼낸 건 우리 낚시도 지금 계급 격차가 상당히 커지고 있다는 생각이 들어서입니다. 저는 얼마 전 부산 출장길에 한 낚시업체 대표를 만나 최근의 낚시흐름에 대해 꽤 긴 시간 이야기를 나누었습니다. 그 분은 낚시가 취미이자 일이다 보니 매주말 이런저런 낚시를 하고 있습니다. 그런데 언제부턴가 함께 출조하던 동료들이 차츰 멀어진다는 느낌을 받았답니다. 그 이유가 무엇일까를 한참 고민한 그분은 결국 '낚시장비의 격차'가 원인이라는 결론을 내렸습니다. '낚시용품을 만드는 일을 하기 때문에 최근의 낚시흐름을 알아야 하고, 때문에 유행하는 낚시장비를 직접 써보는 것'이 원인이라는 겁니다. 당연히 즐겁게 함께 낚시하던 친구들은 그분의 낚시장비에 '주눅이 들'고 차

즘 동행출조를 꺼린다는 거지요.

돌이켜보니 우리 낚시장비도 최근 수년 동안 참 많이, 그리고 급격하게 고급화 세분화 되고 있습니다. 낚싯대 한 대로 붕어도 낚고, 잉어도 낚고, 심지어 웬만한 바닷고기도 낚던 시대는 이제 까마득한 옛날 이야기가 돼 버렸습니다.

바다 찌낚시를 즐기던 꾼이 루어낚시를 해 보려 해도 일단 입 딱 벌어질 만큼 많은 어종별 낚싯대에 기가 눌려 버립니다. 대형붕어낚시에 한 번 도전할라 치면 같은 메이커의 낚싯대를 길이 별로 한 세트 이상 장만해야 지금의 유행에 맞습니다.

장비를 만들고 파는 업체 입장에서는 상품을 다양화해서 시장을 키워야 하겠지만 이제는 그게 부메랑이 되어 새로운 낚시인구의 진입을 막는 높고 단단한 벽으로 돌아오고 있는 겁니다. 참 아이러니가 아닐 수 없지요. 이러니 서민대중이 즐긴다는 낚시도 이제는 자본의 힘에 짓눌리고 있는 게 맞습니다.

쓸쓸한 낚시의 계급화입니다.

2010년 8월호

꾼을 위한 변명

"'낚시꾼'이 아닌 '낚시인'으로 써 달라."

낚시터 현장이나 관련 단체 모임 같은데서 종종 듣는 말입니다. '꾼'은 어감이 좋지 않다는 겁니다. 이른바 낚시계의 오피니언 리더 격이라는 필드 스태프나 프로선수, 혹은 낚시방송 진행자들 중에 유독 '꾼'이라는 단어에 민감하게 반응하는 사람이 많더군요. 이들의 논리는 '사기꾼' '협잡꾼' '난봉꾼'처럼 '꾼'은 옳지 못한 일을 하는 사람을 낮잡아 부르는 단어라는 겁니다.

일리 있는 항변입니다. 국어사전에도 '꾼'은 '어떤 일, 특히 즐기는 방면의 일에 능숙한 사람을 낮잡아 이르는 말'이라고 나와 있습니다. 따라서 가능하면 낚시매체에서는 우리 스스로를 '꾼'으로 일부러 낮춰 부르지는 말자는 것이겠지요.

그런데 저는 이들의 이 같은 주장이 어떤 과민방응을 넘어 약간의 열등감에서 비롯된 것은 아닌가 하는 생각이 듭니다. 잊을 만하면 가끔 TV뉴스에서 수질오염이나 낚시터 쓰레기의 주범을 보도할 때 어김없이 낚시'꾼'이라는 멘트가 등장하지요. 낚시를 즐기는 사람들이 정말 수질오염이나 쓰레기 투기의 주범인지 아닌지를 떠나 '낚시꾼'으로 싸잡아 매도 당해왔기 때문에 여기에 대한 일종의 트라우마가 있지 않나 싶습니다. 이 때문에 낚시꾼보다는 낚시인으로 불리기를 원하는 거겠지요.

그러나 제 생각은 좀 다릅니다. '낚시꾼'은 낚시를 즐기는 사람들 중에서도 그 방면에 아주 능숙한 사람을 일컫는, 어쩌면 경의의 표현이라는 생각입니다. 낚시를 즐기면서도 그 방면에 능숙한 사람을 일컫는 말로 '낚시꾼'만큼 적확한 표현이 없거든요. 그냥 낚시인이라고 표현하기에는 어딘가 부족해 보입니다.

또 하나, 국어학적으로도 '낚시'라는 명사 뒤에 다른 명사를 붙여 사람을 가리키는 하나의 단어를 만들 때도 낚시인보다는 낚시꾼이 더 적확합니다. '낚시'라는 단어는 순 우리말이고, 여기에 붙여 사람을 가리키는 하나의 명사를 만든다면 한자어가 아닌 한글 명사가 붙는 게 더 어울립니다. 따라서 낚시 + 인(人)보다는 낚시 + 꾼이 더 어울리는 명사가되지요.

'꾼'이라는 말은 흔히 생각하는 것처럼 그렇게 나쁜 표현이 아닙니다. '사기' '협잡' '싸움' 같은 부정적인 단어에 붙으면 그렇게 들리지만, '농사' '나무' '지게' '승부' 뒤에 붙으면땀 냄새가 물씬 풍기는 살아있는 언어가 됩니다.

작년에 출간된 책 중에 〈나는 꾼이다〉라는 게 있습니다. 정우현 미스터피자 대표의 성공스토리를 엮은 책이라는데, 솔직히 저는 아직 보지 못했습니다. 그러나 정우현 대표가 책 제목을 뽑으면서 자신을 스스로 비하했다고는 생각되지 않지요?

바라건대 독자 여러분께서는 이제부터 '꾼'이 '장인(匠人)'을 일컫는 우리말 표현이라고 생각해 보면 어떨까요. 낚시꾼은 낚시라는 레저에서 일정 정도 이상의 경지를 이룬 사람인 거지요. '낚시인'이 단순히 낚시를 즐기는 사람의 어감이라면, '낚시꾼'은 전문가 냄새가 확 나지 않나요? 월척을 잘 낚는 낚시인은 '월척꾼', 돌돔을 기가 막히게 잘 낚는 낚시인은 '돌돔꾼'인 거죠. '월척(낚시)인' '돌돔(낚시)인'이라는 표현보다 더 꽉 꽂히지 않습니까?

2013년 7월호

서평 &
영화평

영화 〈부러진 화살〉을 보고

"아니, 그럼 국가보안법이 좋은 법입니까? 교수님, 상당히 보수

주의자이시군요."

"나는 국가보안법은 모릅니다. 다만 우리나라 형법체계는 합리

적입니다. 그 법을 지키는 것이 보수라면 나는 보수주의자가 맞

습니다."

영화 〈부러진 화살〉에서 변호사 박준과 피의자 김경호 교

수가 첫 대면 때 나눈 대화의 일부분입니다. 받아 적지 않아

서 대사의 정확성은 떨어질지 모르겠으나 대충 위와 같은

대화를 나눈 것으로 기억합니다.

햇수로 5년 전인 2007년 세상을 떠들썩하게 했던 '판사 석 궁테러사건'이 있었지요. 〈부러진 화살〉은 이 사건을 다룬 영화입니다. 이 영화는 개봉되기 전 몇 차례 시사회를 가졌습니다. 저는 지난 12월26일 운 좋게 정지영 감독이 참석한 시사회를 봤습니다. 시사회가 끝난 후 가진 감독과의 대화에서 사회를 맡은 김규항 씨가 정지영 감독에게 한 첫 물음은 '감독님께서 생각하는 보수의 가치가 무엇인가'였습니다.

영화 속 김경호 교수의 말과 행동에 이미 그 답이 있었습니다. 원칙을 강조하는 꼬장꼬장한 김 교수는 '사법 폭력'을 휘두르는 판사를 향해 '법대로 판결하라'고 외치죠.

'법대로 해라.'

이거 우리가 살면서 참 많이 들어 보는 말 아닙니까. 일견 당연해 보이는 말이기도 하지요. 법치주의 국가에서 모든 사람이 법 대로만 살면 '법 없이도 살 사람'이 법 때문에 억울한 일은 없어야 할 겁니다.

그런데 법이란 게, 적어도 한국의 법이란 게 누구 편인가라고 묻는다면?

누가 감히 '법은 불편부당하다'라고 말할 수 있을까요. 이명박이나 이건희에게는 공평한 법이, 쌍용차 해고노동자들이나 힘없는 철거민들에게 가면 왜 한쪽으로 기울까요? 돈이 법이고, 권력이 법이기 때문 아닐까요?

'어떤 메시지를 전하려 했느냐'는 한 관객의 물음에 감독은 '영화를 보는 사람마다 받아온 교육과 자라온 환경이 다를 것이므로, 굳이 규정하고 싶지 않다'고 말했습니다. 정지영 감독은 또, "(나 말고 다른) 보수적인 감독이 보수의 가치를 찾기 위한 노력의 하나로 이 영화를 만들었다면 더 의미 있었을 것"이라고 덧붙였습니다.

그러나 사회적으로 합의된 가치가 '법'이고, 그것을 지키는 것이 보수라면, 그 가치의 한계와 모순은 어떻게 극복해야 할까요?

※ 대법원이 〈부러진 화살〉 대응 매뉴얼을 각급 법원 공보판사에게 발송했답니다. 영화에 나온 법정 다툼장면이 사실과 다른 부분이 있다며 해명 자료를 뿌렸다는 거지요. 대법원은 〈부러진 화살〉이 소위 '도가니 파문'처럼 번질까 미리 차단하고 싶은 걸 까요? 어쨌든 대법원도 이 영화를 보긴 본 모양입니다.
※ 독자 여러분도 짬을 내어서 한 번 보시길 권합니다.

2012년 2월호

의자놀이

사람들의 수보다 하나 적은 수의 의자를 놓아둔다. 사람들은 의자 주위를 뱅글뱅글 돌며 노래를 부르다가 노래가 멈추면 그 순간, 재빨리 의자에 앉는다. 의자에 앉지 못하는 사람은 술래가 된다. 의자 하나를 뺀다. 사람들은 의자 주위를 뱅글뱅글 돌며 노래를 부른다. 또 한 사람이 탈락한다. 다시 의자 하나를 뺀다. 그렇게 한 사람 씩 '떨어져나간다'. 마지막에는 두 사람과 의자 하나. 나는 필사적으로 내 친구를 밀어내고 의자에 앉는다.

이거 어릴 적 한 번 쯤 해봤던 놀이지요. '의자놀이'.

책 한 권 소개할게요. 같은 제목의 책이 나왔습니다. 8월6일 1판1쇄가 나왔으니 아직은 따끈따끈한 새 책입니다. 8월8일 알라딘에 주문했더니 다음날 퇴근 했을 때 거실까지 와있더군요. 국판 200쪽 남짓이라 생각했던 것보다 얇습니다. 그날로 바로 다 읽어내려 갔습니다. 책이 얇아서가 아니라 도저히 중간에 책을 덮을 수 없어서였습니다. 이 책의 부제는 '공지영의 첫 르포르타주 쌍용자동차 이야기'입니다.

무거운 주제라고요? 맞습니다. 무겁고 아주 우울한 이야기입니다. 그러나 쉽습니다. 2009년 여름 쌍용자동차 평택 공장 안에서 도대체 어떤 일이 있었는지, 왜 거기서 일하던 노동자들이, 그리고 그들의 가족 22명이 목숨을 잃었는지 이 책은 쉽게 이야기 합니다.

지난 6월쯤인가, 저도 딸 세정이와 함께 대한문 앞 쌍용자동차 희생자 추모 분향소를 찾았던 적이 있습니다. 향을 피우고 절도 했습니다. 그러나 솔직히 고백하자면, 그 때 저는 그들이 왜 스스로 목숨을 끊었는지 잘 몰랐습니다. 그저 무자비한 국가권력에 의한 사회적 타살이 가슴 아팠고, 뭔지 모를 부채감에 분향소라도 찾아야 했었습니다.

의자놀이를 쓴 공지영 씨 역시 저와 비슷했나 봅니다. 그러다가 알면 알수록 가슴이 먹먹해지고, 자본의 의자놀이에 찍 소리 한 번 못 해보고 죽어간 노동자들이 가슴에 맺혔나 봅니다. 그리고 그는 상당히 고통스럽게 이 르포를 써내려갔나 봅니다.

저는 여기에다 이 책의 내용을 구구절절 소개하지 않겠습니다. 쌍용자동차 노동자들은 2009년 5월 총파업 후 그해 8월 인간사냥 당하듯 경찰에 짓밟히고, 결국 공장 밖으로 내쫓겼습니다. 그리고 지난 3월, 22번째 죽음이 있었습니다. 의자놀이는 마치 다큐멘터리처럼 우리에게 그 현장으로 안내하고 있습니다. 감히 직접 따라가 보시라 권합니다. 쌍용자동차의 구조조정과정에서 얼마나 엄청난 음모와 비리와 불법(회계조작 등)이 자행되었는지, 그해 여름, 물도 전기도 끊긴 공장에 갇힌 노동자들의 상황이 어땠는지……. 이들이 얼마나 순진한 바보들이었는지, '의자놀이'가 자세히 말해주고 있습니다.

물리적 폭력은 눈에 보입니다. 맞는 사람은 저항을 할 수 있습니다. 하다못해 꿈틀거리기라도 합니다. 그러나 돈의 폭력은 눈에 보이지 않습니다. 맞는 사람은 저항도 할 수 없습니다. 아니, 저항의 대상조차 찾을 수 없는 경우가 허다합니다. 자본의 의자놀이는 그래서 더 잔인하고 비인간적입니다.

소극적 연대이긴 하지만, 여러분이 사서 읽는 '의자놀이'는 쌍용자동차 해고 노동자와 그 가족들에게 힘이 됩니다. 이 책의 수익금은 모두 그들에게 전달된다고 합니다.

2012년 9월호

투명인간으로 살지 않기 위해
– 서평 〈투명인간〉(성석제, 창비)

책을 다 읽기 전까지만 해도 저는 불만스러웠습니다. '왜 제목을 투명인간이라고 지었을까?' 사실 소설 제목치고는 어쩐지 유치하지 않나요. 무슨 에스에프 소설도 아니고…. 그러나 소설의 마지막 부분, 자전거로 마포대교를 건너는 석수와 건너편 인도를 서성거리는 만수가 만나는 지점에서 이 소설의 제목이 왜 투명인간인지 '띵'하고 왔습니다. 이 마지막 부분은 읽는 이에게 소설의 들머리를 상기시키면서 맨 마지막의 '나'가 맨 처음의 '나'란 걸 확인시킵니다.

문체에 철철 흐르는 해학과 이야기를 풀어내는 맛깔스러

운 필력이야 제가 익히 알고 있던 그 성석제입니다. 다만 이전까지의 그의 작품과 이번 〈투명인간〉은 울림이 다릅니다. 예를 들어 〈황만근은 이렇게 말했다〉 같은 그의 단편이 저절로 책장이 넘어가는 '재미있는 이야기'들이었다면 〈투명인간〉은 중간 중간 숨 쉬기가 곤란할 정도로 읽는 사람의 심장을 압박합니다.

이런 소설은 사실 책의 맨 마지막을 애써 외면하고 싶습니다. 저에게는 〈임꺽정〉이 그랬고, 〈장길산〉이 그랬습니다. 그게 현실이고 지금 한국을 살아가는 대다수 인민들의 삶 또한 다르지 않다고 생각하기 때문입니다. 비겁하다고 손가락질 받아도 피하고 싶은, 나와는 한 걸음 쯤 떨어져 있었으면 하는, 일종의 도피의식인지도 모릅니다.

〈투명인간〉은 〈토지〉나 〈삼대〉처럼 가족사를 큰 줄기로 엮은 이야기지만 시공간이 그만큼 넓고 길지는 않습니다. 신학문을 배운 만석의 할아버지와 아버지의 인생이 못마땅한 만석의 아버지의 젊은 날이 소개돼 있긴 하지만 〈투명인간〉의 기둥 이야기는 역시 만석과 그의 형제자매들에게 맞춰져 있습니다. 한국 근현대사 연보를 놓고 보자면 〈투명인간〉에서 만석의 삶은 1960년대부터 2014년 오늘까지입니다.

70년대 초반에 태어나 박정희 시대가 어땠는지 체험하지 못한 저는 저보다 10년 일찍 태어난 성석제의 시대묘사가 그렇게 부러울 수 없습니다. 작가는 70년대부터 90년 초반 한국사회의 뒷골목 풍경을 누구보다 탁월하게 그려내는 재주를 가졌습니다. 이를테면 담임을 맡은 교련선생이 '만만한 한 놈'을 골라 온 교실을 뱅뱅 돌면서 반 죽여 놓거나, 교통사고로 다리가 부러진 교통경찰의 장화를 벗기자 냄새 나는 지폐가 우수수 쏟아졌다는 따위의 묘사는 그 시절을 살았던 사람이라면 누구나 공감하는 장면입니다.

소설은 만수와 만수의 동생들(석수, 옥희)의 삶을 극명하게 대비시키면서 절정으로 향합니다. 베트남 전쟁으로 형(백수)을 잃은 만수는 집안의 가장 노릇을 합니다. 만수의 헌신적인 뒷바라지로 동생들은 서울의 국립대학교와 그 학교 학생들의 단골 미팅 여학생들이 다닌다는 사립 여자대학교에 입학합니다.

학생운동과는 아무 상관없는(아니 오히려 그런 친구들과 거리를 두는) 석수는 순전히 군대에 끌려가지 않기 위해 '공활'에 뛰어둡니다. 거기서 한 여자를 만나 서로의 육체를 탐닉하다 석수는 어디론가 끌려가 고문을 당한 후 결국 국가정보원(아마 당시 안기부였을 듯)의 투명인간이 됩니다.

옥희는 학생운동을 같이 하던 선배에게 강간을 당한 후 그와 결혼을 하고 만수의 도움으로 기사식당을 차립니다. 기사식당이 불같이 번창하자 옥희 부부는 만수 내외와 만수가 키우고 있는 석수의 아들(태석), 그리고 연탄가스 중독으로 바보가 된 만수의 작은 누나(옥희)를 집에서 내 보냅니다.

만수가 다니던 자동차 부품회사의 회장은 공장을 폐쇄합니다. 만수와 함께 일하던 7명은 회사에 남아 끝까지 저항해 보지만 끝내 무너집니다. 만수에게 남은 건 채권자들의 손배소로 인해 넘겨진 수 억 원의 빚 뿐. 그래도 만수는 신문배달 음식배달 세차 폐지줍기 등 하루 20시간을 일하면서 악착같이 빚을 갚아나갑니다. 그러나 세상은 우직한 만수의 편이 아닙니다. 아내는 신장이 망가져 일주일에 두 번씩 투석을 해야 하고, 아끼던 아들(석수의 아들) 태석은 왕따를 견디다 못해 학교 옥상에서 뛰어내립니다.

숨을 거두기 직전 태석은 처음이자 마지막으로 자신을 키워준 만수의 아내에게 '엄마'라고 부른 후 자신의 신장을 내줍니다. 짐승 같이 우는 만수. 그리고 장면이 바뀌어 다시 마포대교. 투신, 혹은 사고……

결국 이 소설에 등장하는 모든 인물은 투명인간입니다. 백수 만수 석수 금희 명희 옥희, 6남매의 삶은 한국 투명인간들의 현재입니다. 석수의 아들로 만수가 애지중지 기르던 태석 역시 지금 한국의 중고등학교에 다니는 투명인간 중 하나입니다. 이 투명인간들은 있기는 있으되 사람들의 눈에 보이지 않습니다. 아니 한국사회는 애써 이들을 외면합니다. 작가는 지금 한국사회의 투명인간이 누군지 우리에게 묻고 있습니다.

어딘가 기시감이 들지 않습니까? 기를 써서 70, 80년대를 되짚지 않더라도 투명인간은 우리 곳곳에 찾을 수 있습니다. 2009년 1월 불타는 용산 남일당 망루에서, 그해 여름 평택 쌍용자동차 공장의 뜨거운 철판지붕에서 우리는 잠시 나타났다 사라진 투명인간들을 봤습니다. 그리고 2014년 6월 14일, 304명을 삼키고 차가운 바다 밑에 가라앉은 세월호에서도….

소설 〈투명인간〉은 사람이 사람을 사람으로 보지 않고 돈으로 보기 때문에 결국 사람이 투명인간이 된다는 걸 우리에게 깨우칩니다. 돈으로 사람을 보면 사람은 투명인간이 됩니다.

거대 투기자본의 탐욕에 휩쓸리고 있는 수많은 노동자들과 하루하루 근근이 살아가고 있는 일용직 노동자, 생계형 아르바이트들이 지금 한국의 보편적 투명인간들입니다. '성적=행복' 공식을 달달 외우며 청춘을 갉아 먹히고 있는 한국의 초중고등학생들 역시 투명인간입니다. 그리고 세월호와 함께 바다 속 깊이 가라앉아버린 304명도 어쩌면 곧 투명인간이 될지 모릅니다. 우리가 두 눈 부릅뜨고 참사의 진실을 밝혀내지 않는다면….

작가 성석제는 '작가의 말'에서 '소설은 위안을 줄 수 없다. 함께 있다고 말할 수 있을 뿐. 함께 느끼고 있다고, 우리는 함께 존재하고 있다고 써서 보여줄 뿐'이라고 했습니다. 그의 말대로 우리는 서로의 우리들의 옆에 있어야 합니다. 그리고 손을 잡아야 합니다. 그래야 내 옆에 있는 사람이, 혹은 내가, 투명인간이 되지 않습니다.

2014년 9월호

단순한 삶을 꿈꾸는 노동 감수성
곽장영 시집 〈가끔은 물어본다〉

시집 한 권을 받았습니다. 저녁 어스름 동네 치킨집 플라스틱 테이블. 거기서 나는 시인에게 시집 한 권을 받았습니다. 시인은 표지 뒷장 면지를 펼쳐 글을 적었습니다.

'김동욱 동지께 ; 단순한 삶을 위하여. 2015.8.14. 곽장영 드림.'

시인 곽장영의 삶을 나는 잘 모릅니다. 한 가지 짐작컨대, 지금까지 그의 삶은 그리 단순하지 않았습니다. 가끔, 아주 가끔 시인과 소주잔을 기울이는 날, 시인은 자전거를 탔습니다. 산을 오르고, 아마 낚시도 했을 겁니다. 내게 시집을 준 날, 그날도 시인은 자전거를 탔다고 했습니다. 시인은 전국 공공연구노동조합 수석 부위원장이자 한국건설기술연구원 지부장으로 활동하고 있습니다. 그는 자전거를 타고, 산을 오르고, 낚시를 하면서, 노조활동을 하며, 시를 씁니다. 그러면서 그는 '단순하게 살자'고 합니다. 가령 이런 식입니다.

삶은 / 단순하다 // 죽음은 / 복잡하다 // 나는 살고 싶다

- '대비(對比)' 전문

곽장영이 시인이게 된 데에는 노동조합이 한 몫 했습니다. 그는 1990년대 초 전국전문기술노동조합 시절부터 기관지에 글을 썼고, 그 시들 중 하나가 전태일문학상 우수상을 그에게 덥석 안겼습니다. 이른바 '노동자 시인'이자 '시 쓰는 노동자' 곽장영의 등단입니다. 하긴 그에게 시 쓰는 것도 노동이니, 노동 그 자체가 그에게는 시일지도 모르겠습니다.

곽장영이 이번에 낸 두 번째 시집 〈가끔은 물어본다〉는 모두 4부로 구성돼 있습니다. 제1부 행복한 사람, 제2부 가

끔은 물어본다, 제3부 사랑은, 제4부 내가 세상이다에 87편의 시가 담겨있습니다.

곽장영은 이 시집에서 자연이나 주변을 자신과 끊임없이 대비시키다가(1부) 자신의 자리를 확인하면서(2부) 친구나 옛 연인, 혹은 동지를 그리워하며 절망하다가(3부), 그래도 내가 세상이다라고 외칩니다(4부)

시인은 시집에서 자연, 특히 풀이나 나뭇잎, 비나 바람 같은 것을 노래하면서 너저분하고 더러운 자신의 맨몸을 내보입니다.

실핏줄 하나까지 터뜨려 / 온몸 핏빛으로 물들이며 / 세상 향해 외치는 / 일생 최후의 분노 // 짧은 사랑

- '단풍' 중에서

낮게 앉아 / 겨우 바람살 피하고 / 한쪽 세상을 일년 내 바라며 / 세월을 지키고 앉아 / 한철 사랑을 그리는 // 여린 흔들림 / 분홍빛 희망 // 무모한 삶

- '소백산 철쭉' 중에서

시인은 화를 냅니다.

매를 맞아도 참고, 월급을 깎아도 참고 / 비정규 개취급도 참고 /
해고를 당해도 참아라 (…중략…) // 노예 세상 계속 되리니 / 이
제는 당신들이 / 참고 그만둬야 할 때다 / 그 잘난 주둥이질 그만
두고 / 그 잘난 권력질, 욕망질, 사기질, 패악질, 도둑질 / 그만둬
야 할 때다 // 노예들이 던지는 뜨거운 불벼락을 / 조용하게 참고
견뎌야 할 때다'

-'상처가 삶이다' 중에서

그러다가 시인은 '나는 살아있는지, 왜 살아있는지, 가는
곳이 어딘지, 왜 가는 지' 묻습니다. 그리고 그 물음을 우리
에게도 요구합니다. '물음이 환한 메아리 되어 돌아올 때까
지'. 시인은 그러나 우리에게 그 대답을 재촉하진 않습니다.
'대답은 내일 아니면 수십 년 후에 / 수백 년, 수천 년이 지나
올지라도' '나는, 우리는, 당신은 물어봐야 한다'고 말합니다.
아니, 당부합니다. (가끔은 물어본다' 중에서)

시집에서 시인은, 이제는 너무 통속적이 돼 버린 아픔을
담담히 노래하기도 합니다.

항상 따뜻하고 편안한 엄마의 등이, 거기 업히면 어디든 갈 수 있
고 돌아앉으면 입 안 가득 젖이 들어오던 엄마의 등이, 어느 날
갑자기 차갑게 식었다.

'아빠의 정리해고'가 만들어내는 가족의 해체를 시인은 건
조하게 그리고 있습니다.

시인은 그러나 이 숨 막히는 세상을 구원할 구세주는 다
른 누구도 아닌 '나'라고 소리칩니다.

'밥을 달라고 하면 / 깡패들의 주먹이 날아오고 / 옷을 달라고 하
면 / 물대포가 불을 뿜'지만 비록 '몸은 닳아서 아프고 / 마음은
시들어 헛것만' 보일지라도 우리는 '세상을 달라'고 외쳐야 하고,
그 '세상을 주겠다는 구세주가 필요하다'. (내가 세상이다)

그 구세주는 멀리 있지 않다. '내가 바로 세상이고 / 내가

바로 구세주다'라고 시인은 말합니다.

　그날, 그 치킨집에서 〈가끔은 물어본다〉를 건네던 시인은, 아니 곽장영 선배는 나에게 느닷없이 1종 대형면허를 따자고 말했습니다. "일하다 짤리고 나면, 설사 안 짤리고 잘 버틴다고 해도 아직 몸뚱어리 멀쩡한데 일은 해야지." 그러면서 대형면허 따 놓으면 먹고사는 덴 지장 없을 거랍니다.

　그날 밤, 나는 집으로 돌아와서 〈가끔은 물어본다〉를 펴 들었습니다.

　바람 먼저 보내 / 나른한 오후를 깨운다 / 힘겨운 나뭇잎 흔들고 / 굳은 땅 작은 구멍을 / 바늘로 들쑤신다 // 구름 따라 보내 / 세상의 빛도 바꾼다 / 산허리 휘감아 덮고 / 엎드린 풀잎들 / 회색으로 물들인다 // 여린 가지 하나 자르지 않고 / 지친 풀잎 하나 흠내지 않고 / 느낄 만큼 견딜 만큼 / 힘차게 쏟아 붓는다 / 노쇠한 흙 한 줌 쓸어내고 / 누운 풀잎 새 잠자리 만든다 // 조용히 와도 줄 것은 주고 / 삼킬 듯이 쏟아도 / 먹어치우지 않으며 / 가진 것 다 내려놓는다 // 그래도 남긴 것은 / 한 줌 작은 구름 / 먼 희망

　　　　　　　　　　　　　　　　　　　- '소나기' 전문

이런 감성을 가진 시인이 밥벌이 걱정을 합니다. 감성이 아깝습니다. 그의 말 대로 '서점에서는 한 권도 안 팔릴 책'일지 모르지만 〈가끔은 물어본다〉는 삼겹살 일인분보다 쌉니다.

2015년 10월호

자연

지진

바야흐로 봄입니다. 도저히 물러갈 것 같지 않던 동장군의 기세도 어느새 그 자취를 감추었습니다. 라고 이 칼럼을 시작하려 했습니다. 2월 중순이 지나면서 여기저기서 붕어낚시 월척소식이 들려오고 있기에 2011년 봄을 노래해 볼까 했습니다.

그런데, 그렇게 한가한 소리를 할 때가 아니네요. 이 칼럼을 쓰고 있는 3월11일 밤 11시 반 현재. 티브이 뉴스 속보가 그야말로 엄청난 소식을 쏟아내고 있습니다. 일본 동북부 해안에서 발생한 진도 8.8(8.9라는 설도 있습니다)의 강진이 일본 본토를 덮쳤다는 뉴스입니다. 미야기현 동쪽 해저에서 발생한 강력한 지진으로 일본 열도가 아수라장으로 변했습니다. 지금 다급하게 전해지는 속보에 따르면 미야기현은 물론이고, 그 아래 쪽 이바라키현과 치바현에까지 지진해일(쓰나미)의 피해가 계속 진행 중이네요. 높이 10m가 넘는 지진해일이 이들 지방을 휩쓸고 있습니다. 티브이가 보여주는 지진해일은 마치 재난영화의 그것과 같습니다. 이미 치바현의 센다이공항이 완전히 물에 잠겼고, 해변에서 수백명의 시신이 발견되고 있답니다. 달리던 열차가 지진해일에 휩쓸려 실종이 되고, 심지어 미야기현의 오나가와 원자력 발전소의 방사능 유출 가능성까지 언급되고 있습니다.

치바현은 한국 낚시꾼들에게도 꽤 익숙한 지방이지요. 일본 다이와헤라마스터즈 결승전이 열리기도 한 세이유코 낚시터가 있고, 해안선을 따라 많은 바다낚시터가 있는 지방입니다. 시간이 좀 더 지나야 정확한 피해규모가 파악이 되겠지만 지난 1995년 수 천 명의 목숨을 앗아간 교배 대지진 이상의 재앙인 것은 분명해 보입니다. '아니었으면' 하는 바람이지만, 거기에는 한국 교민이나 관광객들도 있을 겁니다.

"지금 우리 인간이 할 수 있는 것은 아무 것도 없습니다."

4층 건물 높이의 지진해일이 마을 전체를 덮치고 있는 화면에 겹쳐 흐르는 일본 뉴스앵커의 한 마디가 가슴 아릿하게 꽂힙니다.

2011년 4월호

임진강에 어른거리는 '4대강 검은 손'

파주시 문산읍에서 군내면으로 가려면 임진강을 건너야 합니다. 이 강을 건너는 다리 이름이 통일대교입니다. 그런데 이 통일대교를 건너는 건 자유롭지 않습니다. 임진강 건너편 마을에 사는 사람이 마중을 나오거나 미리 해당 군부대에 허락을 받아야 합니다. 같은 파주 땅임에도 임진강 건너편 북쪽마을은 민간인통제구역이기 때문이지요.

저는 지난 6월 21일 파주환경운동연합 노현기 임진강 생태보존국장과 함께 통일대교를 건넜습니다. 자연생태탐방을 위해 임진강 통일대교 북단의 동파리~마정리 일대를 둘러보기 위에서였습니다. 그러나 원래 목적은 따로 있었습니다. 최근 국토교통부가 계획하고 있는 '임진강 거곡 · 마정지구 하천정비사업' 구간을 확인하기 위해서였지요.

국토부의 계획은 파주시 진동면 동파리(해마루촌)부터 군내면 정자리-백연리를 거쳐 장단면 거곡리까지의 임진강 중류 14km 구간의 바닥을 파헤친다는 겁니다. 파헤친 흙으로 강의 서북쪽 마정-사목-거곡리 일대의 논을 메워버리겠다는 거지요.

임진강은 조수간만의 차가 큰 서해 물때의 영향을 직접 받습니다. 제가 갔을 때는 마침 썰물 때인 듯 초평도(장산리와 동파리 사이 임진강 가운데 있는 섬) 하류 쪽 강은 시커멓게 뻘이 드러나 있었습니다. 저를 안내한 노현기 국장이 초평도 쪽을 가리키며 말했습니다.

"여기 임진강 마곡(마정~거곡)지구에는 희귀생물이 아주 많이 살고 있어요. 대표적인 게 멸종위기종인 수원청개구립니다."

수원청개구리. 이름은 생소하지만 우리에게 아주 친숙한 개구리입니다. 옛날 논둑 풀숲 같은데서 흔히 볼 수 있던, 어른 새끼손톱만한 청개구리지요. 물론 지금은 농촌에서도 보기 힘든 개구리입니다. 이곳 임진강 유역은 수원청개구리 말고도 재두루미 흰꼬리수리 등 다양한 새들의 서식지이기도 하지요.

국토부가 주장하는 '임진강 거곡 · 마정지구 하천정비사업'의 당위성은 문산 일대의 홍수예방입니다. 그러나 마정~거곡 일대의 임진강 바닥을 파낸다고 해서 임진강의 수위는 낮아지지 않습니다. 저류지 역할을 하는 강변의 논이 사라지면 오히려 홍수 위험이 더 커질 뿐입니다. 이건 제가 떠드는 말이 아니라 관련 학계의 주장입니다. 지난 6월 11일 문산행복센터에서 열린 공청회에서 백경오 한경대학교 토목공학과 교수가 국토부의 환경영향평가서를 분석한 후 낸 답변입니다.

백 교수는 "준설을 하게 되면 문산 지역은 평균 2cm가량 수위가 높아지고, 임진강은 퇴적과 세굴이 반복돼 준설사업을 할 필요가 없다"고 말합니다. 준설 할 경우 수위가 낮아져야 홍수 예방 효과가 있는데, 이번 사업으로는 오히려 수위가 높아진다는 거지요. 실제로 공기관인 국토청이 제출한 환경영향평가서 역시 백 교수의 이런 분석과 일치합니다.

그런데 국토부는, 환경은 차치하고라도, 사업타당성조차 없는 이런 강바닥 파내기를 왜 고집할까요?

"개발논리죠. 국토부 입장에서는 강바닥이라도 파내야 토건사업으로 먹고 살 수 있으니까요."

노현기 국장의 대답은 명쾌합니다.

민통선 안이라 그동안 용케도 개발의 칼날에서 비켜나 있었고, 그 덕에 지금은 세계가 부러워하는 자연습지를 가진 곳이 바로 이 임진강 마정지구입니다. 국토부 계획대로 강바닥을 긁어내버리면 겨울철새들의 쉼터는 물론이고 멸종위기 종인 수원청개구리와 금개구리 서식지도 모두 사라집니다.

임진강을 준설해서는 안 되는 이유는 또 있습니다. 마정-사목-거곡리 일대의 임진강변의 논은 파주시와 광명시 12만 초중등학교의 친환경 급식을 위한 쌀 생산지이기도 합니다. 강바닥을 파낸 흙으로 주변 논을 덮어버리면 친환경 급식을 위한 쌀이 사라질 뿐 아니라 대대로 여기서 농사를 짓고 살아오는 동파-마정-사목-거곡리 농민들의 생명줄도 끊깁니다.

이날 거곡리에서 만난 한 늙은 농부는 우리를 자신의 농막으로 데려가서 시원한 둥굴레차를 내주며 반겼습니다. '이렇게 찾아와서 목소리를 내주고 힘을 보태주는 것만으로도 고맙다'는 겁니다. 이 늙은 농부의 바람은 단 한 가지입니다. '그냥 이 자리에서 계속 농사를 짓고 싶다'는 겁니다.

임진강은 한국의 하천 중 유일하게 강 하구가 둑으로 막혀있지 않은 자연하천입니다. 여기를 시멘트로 두른다는 상상을 해 보십시오. 그렇게 되면 우리는 임진강에서도 큰 빗이끼벌레를 봐야할지 모릅니다.

2014년 8월호

얼뜨기 좌파의
세상 **낚시**

초판 1쇄 인쇄 2018년 5월 23일
초판 1쇄 발행 2018년 5월 25일

글쓴이 | 김동욱
펴낸이 | 김동욱
펴낸곳 | 도서출판 모노
디자인 | 윤재영
인 쇄 | 보진재

출판신고번호 | 제406-2015-000231호
주 소 | 경기도 파주시 문발로 119(문발동) 307호
전 화 | 02-571-0330
팩 스 | 0303-0571-0116
ISBN | 979-11-963875-0-1 03810
이메일 | penandpower@naver.com